PREMIERE
PROMENADE
D'UN SOLITAIRE
PROVINCIAL.

PREMIERE
PROMENADE
D'UN SOLITAIRE
PROVINCIAL,

Depuis le faubourg Saint-Honoré,
jusqu'au Palais du Tribunat.

A PARIS,

Chez J. J. FUCHS, Libraire, rue
des Mathurins, hôtel de Cluny.

AN X.

AVANT PROPOS.

~~~~~~~~~~

VOICI, lecteur, les confi-
dences que j'ai à vous faire de
la part de mon solitaire......
Sachant que chaque homme
d'un état lui doit le tribut de
ses réflexions utiles, et qu'une
seule idée saine peut être un
véhicule pour la philosophie et
pour l'art ; sachant, en outre,
que la raison ordonne à celui
qui pense de concourir au triomphe de la vérité, et par-là au

bonheur et à la gloire de la société, il veut remplir cette tâche respectable.

Il fait ses réflexions en se promenant.... Une promenade n'est pas toujours frivole et sans but : il semble que le mouvement du corps communique de l'activité à l'esprit. Newton trouva le systême de la gravitation dans une promenade, en passant sous un pommier : Socrate et Aristote conçurent les leurs en se promenant...... Mon solitaire s'assimile aux péripatéticiens... Il ne vise point à établir un système, mais il veut en relever un; celui du bon goût qui s'est anéanti chez les Français.

Ayant la certitude qu'on peut trouver dans tout ce qui tient à la société, des résultats avantageux pour elle, il s'attachera à tout ce qui fixera ses regards. Les arts subalternes, les mœurs l'occuperont; mais la littérature attirera principalement son attention..... Il cherchera à montrer ou tend la perfection dans les beaux arts, et sur-tout dans celui-ci, qu'il regarde comme

le plus influent sur les opinions
des hommes, et le plus puissant
mobile de leurs destinées.

Il vous avertit d'avance que
vous ne devez pas lui prêter la
satire, envisagée comme ma-
lignité; le solitaire sait qu'on ne
corrige point les hommes en les
égorgeant. Il sera juste.... C'est
avec regret qu'il dévoilera les
défauts de certains ouvrages,
dont il estime personnellement
les auteurs; mais l'utilité publique et le triomphe de l'art l'y
contraignent. Le solitaire est
philosophe; et le philosophe ne

mettrait point en balance les
principes et la vérité, avec l'u-
nivers entier.

En montrant les écarts des écrivains, il cherche à sauver les
jeunes gens du mal de l'exemple; à rappeler aux premiers le
but de l'art et ses principes. En
signalant leurs fautes, il les met
dans le cas de les éviter; et les
sert eux-mêmes.... Il veut en-
gager le public à être indulgent
envers ceux qui entrent dans la
carrière, en lui faisant voir
que les écrivains famés sont
loin d'être infaillibles. Il veut

enfin lui montrer combien il
doit se défier de l'engouement,
dont les effets nuisent essentiellement à la gloire nationale : la
gloire d'une nation doit reposer
sur des titres incontestables; et
c'est l'avilir que d'en montrer
d'équivoques.

PREMIÈRE
PROMENADE
D'UN
SOLITAIRE PROVINCIAL.

L A solitude amène naturellement l'homme vers l'observation , la méditation et la comparaison.

L'observation habitue à voir les grands objets ; elle élève l'imagination , montre dans la nature les types de tous les arts et le modèle de l'harmonie sociale. . . . . .

La méditation donne de la profondeur aux idées ; elle rend l'esprit réfléchi, et le dispose à recevoir l'impulsion philosophique....

La comparaison, en présentant à l'homme les rapports qui existent entre la société, les arts et la nature, donne de l'aplomb et de la justesse à ses idées; lui montre tout ce qui est opposé au grand et au beau, et fait naître en lui ce sentiment qu'on nomme goût, qui signale les talens à la raison, qui marque la place des hommes, et classe avec elle les productions des arts.

Accoutumé, comme solitaire, à envisager les objets sous leur vrai point de vue, je ne me laisse point engouer à l'aspect des hommes et des choses. Un jardin qui n'offre qu'un coup-d'œil ordinaire, ne me paraît point comme ceux d'Alcinoüs; je ne considère pas comme des géants de très-petits nains : vous pourrez voir de même, cher lecteur, si, quittant la route des préjugés , vous suivez un instant les pas de la raison.

Je dois ici vous rappeler que la philosophie , cet arbitre du bonheur des hommes , est semblable au soleil. Des parties éthérogènes se mêlent aux feux de cet astre bienfaisant , et y forment des taches qui semblent devoir ravir un jour la lumière et la chaleur à la terre ; de même les immondices des préjugés inondent la sphère de la philosophie , et doivent ravir à la société la lumière morale qui peut seule la diriger dans la carrière des vices qu'elle est obligée de parcourir.... Mais vous qui êtes les régulateurs de l'opinion , lecteurs éclairés, imitez le grand gubernateur qui fait rouler sans cesse dans le disque du soleil ces parties grossières , en ne leur permettant pas de se réunir un seul instant: mettez le sceau du mépris sur le front de ceux qui nourrissent ces préjugés destructeurs , et sauvez ainsi la société de sa dissolution. . . .

Je vous vois sortir de l'apathie ; je vous en félicite pour vous-même , et je commence ma première Promenade dans Paris, qui pourrait porter aussi le titre de Voyage; car qu'importe l'espace quand les objets sont rapprochés ? a-t-on besoin de pousser jusqu'au détroit Magellanique ? . . . Ici se trouvent des hommes qu'on doit s'attacher à connaître beaucoup mieux que les mers. La nature matérielle offre une harmonie parfaite qu'on ne peut qu'admirer , sans pouvoir prétendre à y rien changer ; mais la société offrant un autre aspect, l'on doit indiquer tout ce qui , contraire à son existence et à sa gloire , exige une transformation...... Elle est devenue un vrai cahos : les hommes ne sont plus des hommes ; les mauvais sentimens ont pris la place et le masque

des bons ; et la sottise et l'erreur , en
étendant un voile funèbre en tous lieux,
semblent précéder le néant. . . .

Voyons ce qui va s'offrir a nos yeux ;
peut-être m'en fais-je un tableau trop
effroyable. .Je dois me défier de moi-
même ; et tout homme le doit : il est
évident que l'homme le plus éclairé
peut se tromper. Cette idée , lecteur ,
sera mon égide auprès de vous si je
m'aventure. . . Ai-je mon livret sur
moi ?. . Oui : il me sera utile quoique
je l'aie déjà parcouru avec attention....
Avançons.

Quel est l'aspect de ce monument que je découvre à l'angle de
ce boulevard , qui formerait la plus
belle des promenades , si on n'y était
victime de l'orgueil et du luxe ; car
on est forcé d'y respirer la poussière
que les chars des élégans soulèvent;
dont ils nous innondent; et où les nou-

veaux parvenus, comme sur des trônes,
en jettant sur nous des regards dé-
daigneux, en étalant à nos yeux l'or,
fruit des sueurs du peuple, et nous
montrant des costumes bisarres qu'on
ne peut dépeindre, nous inspirent l'indignation contre nos mœurs nouvelles,
et prouvent l'avilissement où une partie
des Français est tombée......

Cet édifice est une basilique non
achevée. Ce péristile est beau : il annonçait un temple magnifique... Je vois
sur mon livret que ceux qui l'édifièrent
comme un monument de leur gloire,
l'ont vu changer pour eux en un vaste
tombeau..... O vicissitude humaine
quel exemple tu offres à la société!...
Eloignons nous : j'aime la pompe; mais
je veux qu'elle soit utile aux hommes ;
et, en cela, j'en vois l'exemple dans la
nature. Les péristiles me plaisent; mais
je voudrais que le temple qu'ils déco-
reraient fût celui du bonheur.

A ma droite je vois une vaste enceinte , que bordent , à l'Occident, des bosquets agréables, et qui me présente au midi le fleuve de la Seine. . . . ô Seine, tu es la plus petite des rivières! quoique l'on te vante, je ne vois en toi rien de la majesté de ces fleuves qui embellissent diverses villes européennes. Tamise ! Newa ! vous m'offrez un aspect bien différent : la Seine n'est qu'un petit ruisseau près de vous.

Voilà dans cette enceinte deux superbes bâtimens. . . . Pourquoi furent-ils construits? voyons mon livret.... Ce fut pour servir de magasin aux hochets des monarques.... Colonnes corynthiennes que vous perdez de votre majesté à mes yeux ! comme on vous a prostituées ! l'art ne vous créa que pour embellir ses temples , ceux de la vertu et de la divinité.

Je découvre sur le point opposé de

la Seine un dôme majestueux. Serait-
il consacré encore à la frivolité ? . . .
Non ; je le reconnais, c'est l'asile de
ceux qui ont servi leur patrie ; c'est le
séjour de l'héroïsme, et du dévouement. . . . O dôme tu me parais plus
grand et plus beau que tu n'es réellement ! en ton sein préside la bienfaisance qui agrandit tout, et la reconnaissance, ce véritable distributeur de la
gloire d'un peuple. Je te salue, car
honneur éternel à ces deux sublimes
vertus !

Mais en vain je cherche une place
en ce lieu ; et cependant elle en a le
nom. Une place est entourée de maisons, qui forment autour d'elle une
ceinture ; elle est régulière, pavée ; elle
n'offre point l'aspect d'un champ. Ces
quatre grouppes que j'aperçois peuvent-ils suppléer à cela ? . . . . O abus
des mots ! tu défigures, tu métamor-

phoses tout. . . . . Quel est le nom de
cette place ? lisons : . . . Celle de la
Concorde. . . . . . Nom sublime ! qui
devrait être répété à chaque instant
sur la terre, et par tous les hommes, tu
me ravis ! O enceinte remarquable !
puisse son temple s'élever réellement
dans ton sein ; alors tu seras la plus
belle des places. . . .

Que représentent ces grouppes ? . . .
des chevaux indomptés. Quel emblême
peuvent ils m'offrir ? aucun de satis-
faisant ; et je voudrais que tout monument fut emblême pour un peuple....
Ceux qui leur sont opposés disent
quelque chose à l'imagination : l'un
me représente la Renommée. . . . . la
France en a besoin, elle a des exploits
à proclamer. Cependant ce Mercure
me déplaît en ce lieu : je trouve qu'il
eût pu servir d'emblême pour les
Grecs ; mais qu'offre-t-il à nos yeux ?...

Je reconnais ici la manie de singer les anciens, sans savoir si ces innovations s'adaptent à nos mœurs et à notre système.

Je vois au centre de cet espace des débris, et une base qui annonce l'érection d'un monument. En l'honneur de qui doit-on l'élever?... Approchons... J'entends dire que c'est à la gloire de nos guerriers. . . . Ceux qui ont sauvé leur patrie méritent ce tribut.

Quelle magnifique perspective je découvre de ce lieu! cette avenue m'annonce la plus belle des cités. Comme le voyageur, qui s'avance le long de ces doubles haies d'arbres, doit être frappé d'admiration! quelle idée il doit se former de ce qu'il va voir! que de pompe, que d'éclat il promet à ses yeux! et quel choc va éprouver son imagination, lorsqu'il aura parcouru ces rues où l'on ne peut respirer, et où l'image de la misère s'offre à côté de celle de la magnificence !.... Il se dira pourquoi tout n'est-il pas grand chèz le peuple qui a su se former de si belles choses !..... Pourquoi ! parce que le vice a propagé la misère dans son sein , et parce qu'il a été long-tems trompé et égaré.

Un jardin immense s'offre à mes regards ; ce sont sans doute les Thuileries. Hâtons-nous d'y entrer...... Quelle masse imposante me présentent les arbres de ce bosquet ! comme ils réjouisssent ma vue et agrandissent mon ame !.... Ah ! je sens que les objets de la nature sont au-dessus de ceux de l'art !

Voilà deux terrasses savamment coupées : mais pourquoi sont-elles dégarnies ? je n'y vois que quelques marbres isolés. . . . Rassurons-nous ; on plante , et même régulièrement, ce qui n'a pas

été toujours fait, même par ceux qui
se sont illustrés dans l'art des jardins...
Mais pourquoi cela n'a-t-il pas été fait
plutôt? la génération présente jouira-
t-elle de l'ombrage en ce lieu?....
Mais nos neveux en jouiront.... Pourquoi donc nos ancêtres ne voulurent-
ils pas nous faire jouir à notre tour?......
Un passant qui entend mon excla-
mation, me dit que c'est parce que
nos ancêtres étaient sans influence. Un
homme semblait exister seul dans l'état,
car tout se rapportait à lui : tout con-
courait à sa volonté; et, régulateur per-
pétuel des ames, il leur ordonnait de
ne former aucun desir. Nos ancêtres,
ajoute-t-il, étaient comme des plantes
qu'un rocher orgueilleux étouffe, en
leur ravissant les rayons du soleil, qui
seuls peuvent les faire croître.

Je suis frappé de cette vérité......
— Attachons-nous à cet homme qui

monte sur la terrasse de gauche : sans
doute il ne ressemble pas au grand
nombre de ceux que j'ai vu ; son ton
me paraît sévère et son raisonnement
solide. Il pourra me donner quelques renseignemens sur ce que je vou-
drai connaître . . .

Monsieur, je vous crois éclairé, et
ami de la vérité : pourriez-vous permettre à un étranger de parcourir avec
vous ce jardin ? celui qui vous parle
est digne de cette faveur ; car il est
avide de s'instruire, pour pouvoir en-
suite-instruire les autres. . . . Il m'en-
visage d'un œil satisfait, et ce signe
m'annonce qu'il consent à mes vœux ;
Ce signe porte quelque chose de philosophique qui redouble l'intérêt qu'il
m'a inspiré. . . . . Interrogeons, voici
des statues. . . . .

Que représentent ces marbres ? —
Les emblêmes des arts. — Il est vrai,

je reconnais la comédie à son masque,
la tragédie à son cothurne: mais où sont
ceux qui représentent les arts utiles?
tels que l'agriculture, le commerce,etc.

Les arts utiles, me dit-il, quoiqu'on
ait paru vouloir les tirer du néant où
ils ont été long-tems plongés, ne sont
pas encore reconnus pour les premiers,
quoiqu'ils soient réellement les moteurs
du bonheur des hommes. Je préférerais, en ces lieux, trouver les emblêmes du commerce, de la navigation
et du plus petit des arts. On se calque
en cela sur le goût du public, qui n'aime que la magie et le merveilleux....
Mais ne nous plaignons pas tout-à-fait;
je vois deux fleuves qui représentent la
navigation : les fruits de la corne d'a-
bondance semblent se répandre sur la
terre avec les ondes bienfaisantes de
leurs urnes. Honneur à l'artiste qui sut
présenter ce tableau à la société! — Je

les vois, et je réunis mon hommage au
vôtre.

Voilà un immense bassin : comme
il pare ce demi-cercle ! comme son
onde, semblable à un miroir brillant,
réfléchit les masses de verdure que forment ces maronniers touffus et entassés ! c'est un charmant tableau. —
Cela est vrai, et, cette fois, Le Nôtre a
eu raison ; car les eaux dans un jardin magnifique forment sa principale
pompe. — Le Nôtre s'est donc quelque fois trompé ? expliquez-moi ce
doute ; je l'ai cru, jusqu'ici, le plus sublime ordonnateur des jardins. — Le-
Nôtre s'est trompé, lorsqu'il a tout
donné à l'art, comme Kent s'est trompé
à son tour, en présentant dans les villes
la nature sauvage. Je crois qu'il aurait
fallu amalgamer les deux genres ; par
là on aurait réuni l'art à la nature :
cette idée trouve sa preuve ou son ap-

B

pui dans l'établissement de la société
même; l'homme y est moitié nature et
moitié art. J'aurais voulu quelques gazons à la place de ces allées sabloneuses
et arides ; j'aurais desiré voir des cas-
cades dans les rotondes de ces bosquets. . . . . . . Approchez et observez
cette allée d'orangers. Quelle figure
font ces superbes arbres sur cette immense espace , où ne se trouve pas
un brin d'herbe ? voyez quel vide désagréable ils laissent , et comme le sol
sur lequel ils sont placés flétrit leur
couleur riante ? Fussent-ils tous cou-
verts de pommes d'or comme ceux des
Hespérides, ils n'offriraient rien à l'œil.
J'aurais voulu que le verd agréable
qui les couvre , se mariât à la verdure
plus douce qui serait placée à leur pied :
alors les ondulations que forment leurs
têtes arrondies auraient ressorti avec
éclat; l'œil en aurait été ravi en les

contemplant du lieu où nous nous trou-
vons. — Le même défaut me frappe :
son goût est pur et son jugement sain.

Quelle est cette figure qui est au-des-
sous de nous, et qui occupe un des
centres des bouts de l'allée ? — C'est
un berger. — Cette figure est à sa place ;
un berger ou un grand homme c'est ce
qu'il fallait là ; car un berger a une
grandeur majestueuse aux yeux de la
nature. . . . Il m'engage à descendre
dans les bosquets : suivons-le. —

Voilà une grande allée : observez le
beau coup-d'œil qu'elle forme ; c'est la
plus belle qui soit dans l'univers. —
Pourquoi est-elle déserte, et pourquoi
aperçois-je du monde dans celles de
côté ? . . . Il me dit que c'est par ce
qu'on n'aime pas les grands objets, et
que cela vient encore de la bizarrerie
de la mode — Les gens du bel air
laissent cette allée au bas peuple :

vous voyez qu'ils font en cela leur
satire , en lui laissant les grands objets
dont il ne paraît pas se fatiguer : :
l'homme du peuple, quoiqu'on ait voulu
persuader le contraire , a une grandeur
plus réelle dans l'imagination , que tous
les freluquets qui suivent les modes :
la raison en est simple ; il est plus
près de la nature , et ses goûts sont
moins dépravés.

Quelle est cette figure que j'apperçois isolée au milieu de ce quarré ?
— C'est un Hippo-Centaure qui porte
un amour sur sa croupe. L'emblême,
quoiqu'il ne soit pas très-distinct ; paraît
être que l'amour subjugue tous les êtres.
— Ce marbre peut rester en ce lieu si
cela est ; autrement, je préférerais une
vertu à sa place. —

Voici des gazons : ils sont riants ,
agréables ; j'aime à voir le brillant de
ces marbres se mêler à leur douce ver-

duré. Voyez comme il en fait ressortir la blancheur. — Ce contraste est en effet-très beau : mais que ce cadre est petit en raison de l'immensité de ce jardin ? D'où naît cette grande faute dans le plan ? — De la petitesse du jugement des artistes qui l'ont conçu, et de la fausse idée qu'on a de leur réputation, qui souvent est éloignée du vrai talent. —

Quelle est cette figure ? — C'est l'Amour dans un demi-cirque, spectateur du combat d'Hypomène et Attalante. — Je crois voir un vice dans la distribution. L'Amour pouvait-il vraisemblablement présider à cette lutte ? Oui, dira-t-on ; car Hypomène est amoureux. Mais est-ce aux coureurs que l'Amour donne son prix ? N'est-ce pas avilir son influence qui est dans le sentiment seul ? ... J'aurais voulu voir au moins à son côté l'Orgueil, qui eût

présenté l'emblême des sentimens d'Attalante. . . . . Le berger qui fait son
pendant serait à sa place , si c'étaient
des bergers qui courussent autour de
lui ; si la pomme était une pomme
naturelle , et le prix, l'agneau qu'il
porte.

J'entends mon compagnon qui s'é-
crie : arrêtez trop exigeant étranger!
vous cherchez l'ordre et la méthode
en tout : retournez dans votre province
si vous ne pouvez vous corriger de
votre manie, car sans cela vous n'en
finirez plus. — J'avoue effectivement
qu'il faudra que je me corrige ; mais le
moment n'est pas encore arrivé.

Voici d'autres grouppes ; me dit-il :
ceux ci méritent l'attention et l'hommage de l'observateur. Le premier est
celui d'Arrie. Quelle expression m'offre ce marbre! quel sentiment sublime
il me présente ! tels devraient toujours

être les tableaux présentés aux hommes:
ceux-ci peuvent inspirer le plus grand
dévouement. . . . . Observez son
pendant ; il est digne du premier :
c'est la piété filiale qu'il représente
dans la personne d'Enée, emportant
son père Anchise. Le cœur s'enor-
gueillit en le contemplant. — Je ne
puis m'empêcher de m'écrier : Enée,
tu fus un conquérant effréné, un usur-
pateur ; mais ici tu acquiers véritablement de la gloire : celle de la vertu
est la seule durable.

Quels sont les deux autres grouppes
formant le demi-cercle opposé ? —
C'est Orion et Borée. — Encore des
dieux fabuleux ! et quel tableau pré-
sentent-ils ! celui de l'immoralité. —
Poussons plus loin. — Arrêtez, et
laissez-moi rendre ici un tribut à Le-
Nôtre, en admirant ce parterre. Il est
dessiné avec art ; il a une simplicité ma-

jestueuse. — Votre réflexion est juste ;
son plan offre de la régularité avec les
bosquets et le palais.

Quelle est cette statue de bronze que
je découvre à ma gauche ? — C'est un
gladiateur expirant. . . . . . Je le vois
avec plaisir en ce lieu : son expression
douloureuse inspire l'horreur pour le
peuple qui enfanta les spectacles où l'on
se plaisait à voir couler le sang humain.
— Horreur ! c'est le mot : cet usage
cruel a flétri la gloire des Romains. —
Voici une Vénus pudique, — Ah !
qu'on montre souvent la pudeur ! ce
spectacle est si utile aujourd'hui , que
les femmes oublient qu'elle fait leur
plus bel attrait.

Retournons , me dit mon conducteur, et laissons les objets matériels,
cette allée de droite offre un spectacle
plus utile pour l'observateur mora-
liste. — Je vous suis. — Asseyons-nous

et je vous intruirai; car je connais les
trois quarts des habitués de ces allées.

Observez ces deux jeunes gens qui
passent, et qui étalent le faste et l'arrogance des anciens marquis ! voyez
comme ils font des écarts de poitrine;
avec quelle impudence ils regardent
les femmes sous le nez; comme ils cou-
doyent cet homme modeste qui s'a-
vance; et comme ils regardent avec
dédain ce militaire qui porte sur son
bras mutilé le témoignage glorieux de
son dévouement pour sa patrie. Le croiriez-vous ? Ce sont deux êtres sans
fortune, et qui n'ont aucun titre dans
la société. — Que dites-vous ? Ce sont
de tels hommes ? Et où prennent-ils les
moyens d'étaler ce faste ? — Dans la
poche des femmes qui ont la bêtise de
s'entêter de ces misérables personnages. Sachez qu'aujourd'hui il ne s'a-
git que d'avoir de l'effronterie et de

B 5

l'audace, pour forcer celles-ci a dé-
pouiller leurs maris ; et cette espèce
d'hommes ne rougit point de recevoir
de leurs mains les fruits abominables de
leur conduite. Vous voyez que le siècle
a bien changé ; autrefois un honnête
bourgeois se serait cru déshonoré en
recevant un écu d'une femme. —
D'après ce que vous me dites, je vois
qu'en effet les principes sont entièrement méconnus.

Voici un troisième personnage, qui
sans doute va vous désopiler la rate ; et
pourrait-on sans rire voir son costume
bizarre ! observez ce large pantalon que
quatre pièces de nankin réunies n'ont
pu former ; voyez comme son habit,
qui n'est qu'une petite veste, contraste
avec le pantalon, et la pièce de mous-
seline qui lui sert de cravatte et qui
monte jusqu'à ses tempes ; voyez ses manières forcées et gauches : eh bien ! cet

homme fait raffoler toutes les femmes ;
c'est le coryphée des cercles. — Le
coryphée des cercles ? il devrait plutôt
leur servir de risée. . . . . O bizarrerie
inconcevable ! l'esprit de la mode a
tout renversé en ces lieux. . . . — Peu
de femmes lui résisteront, reprend
mon compagnon ; et ceux qui l'imi-
teront seront sûrs de triompher près
d'elles. Cette manie a existé de tous
les tems dans cette ville ; les fats y ont
toujours brillé : cependant on exigeait
d'eux autrefois, de l'agrément et de
l'esprit : aujourd'hui l'habit dit tout aux
femmes ; il est le moteur unique de
leurs sensations : le plus aimable et le
plus beau des hommes, fut-il Adonis
lui-même , serait repoussé par la plus
grande partie de celles-ci, s'il n'avait pas
l'épouvantable costume que vous voyez.
— Mon indignation se soulève. . . . . .
Femmes, femmes, comme vous deve-

B 6

nez petites chaque jour! — Si vous
l'entendiez parler, votre étonnement
serait bien plus grand ; vous ne pour-
riez juger s'il est un Albinos (1) ou un
Français ; il croasse comme ces sauvages , et trouve qu'il est très-beau de
défigurer la langue de son pays.

Mais laissons ce magot ; voici une
élégante en habit de walse..... Les
femmes aiment beaucoup à walser aujourd'hui. — Walser ? — Oui, et cette
danse est trouvée expressive et senti-
mentale. — Expressive ! cela doit être ;
car si ses pareilles sont dans un tel état
de nudité , les hommes et elles-mêmes
doivent éprouver en s'entrelaçant les
sensations les plus voluptueuses. —
C'est sans doute ce qui excite la fré-

---

(1) l'Albinos est un sauvage de l'île de
Madagascar qui n'a que la forme humaine,
et qu'on nomma long-tems l'homme marin.

nésie pour cette danse : elle s'introduit
par-tout , et les scènes qu'elle offre se
répètent dans les maisons qu'on nomme
décentes. Là la mère voit sa fille , jusqu'àlors innocente , puiser le germe du
plaisir , et passer par toutes les grada-
tions de la jouissance avant que la
danse soit terminée : le mari voit sa
femme consommer , en quelque sorte ,
l'adultère en sa présence , sans qu'il
puisse s'en offenser ; et cela avec plusieurs hommes souvent inconnus. — Il
manquait ce trait au tableau de l'immoralité.

— Voyez ce militaire avec un pa-
nache de deux pieds de haut , et brodé
de la tête aux pieds. Observez sa démarche hardie et terrassante ; ne dirai-
ton pas qu'il a conquis un pays entier ?
quel est-il ? un jeune étourdi qui a fui
le premier dans la seule bataille où il
s'est trouvé ; et qui a reçu des coups de

bâton dans l'ombre sans oser tirer ce sabre qui paraît fendre la terre. — Cela doit être ainsi ; la véritable valeur est modeste : elle a sa force en elle-même , et le lâche a besoin d'en imposer.

Quel est ce personnage qui s'avance d'un air majestueux , dont la démarche paraît mesurée, et qui semble regarder en souverain tout ce qui l'environne ? — Ne le reconnissez-vous pas pour un comédien ; car quel autre pourrait prendre un pareil air ? .. c'est d'un ridicule excessif ; ces hommes devraient laisser Achille et Orosmane sur le théâtre , c'est-là leur place : mais pour cela il faudrait aussi y déposer l'orgueil ; et ces messieurs ne sont pas capables d'un tel effort philosophique : au contraire , celui de leurs héros semble s'identifier chaque jour au leur, et plus il s'avancent dans la carrière , plus ils redoublent d'arrogance ; différant en

cela des autres hommes , qui devien-
nent plus raisonnables, et se détachent
généralement de la gloriole à mesure
qu'ils avancen t en âge. Les comédiens
de soixante ans , pour la plupart , ont
l'impudence des jeunes gens les plus ef-
frontés ; et leur orgueil est porté si loin ,
qu'il n'en existe pas un , peut-être, pour
peu qu'il soit caressé du public , qui ne
se croye un grand homme , devant lequel doivent s'éclipser le militaire fameux et le littérateur recommandable.
—J'ai vu le défaut dont vous me parlez
dans les troupes de province : on y trouve les mêmes ridicules et les mêmes pré-
tentions. Mais je m'étonne qu'ici on
n'en fasse pas justice par la raillerie ; car
il est de la dernière impudence , qu'un
homme voué à un art subalterne , (et
celui de mime l'est sans contredit) ose
prendre des airs si hautains, et se place
lui-même sur le pinacle. — Pour que

cela fût, il faudrait que le public en fût moins engoué ; qu'il appréciât leur juste mérite ; et cela ne peut guère arriver chez un peuple aussi frivole. —

Vous regardez attentivement cette femme qui s'approche tenant un enfant par la main ; la connaissez-vous ? elle paraît porter sur son front l'empreinte de la vertu , et dans ses yeux le sentiment d'une bonne mère. — Je la connais en effet : mais ce n'était point le sentiment d'admiration qui m'occupait. J'observais le masque dont elle se couvre ; je ne pouvais concevoir qu'un être aussi pervers put si bien prendre l'aspect de la vertu. — Elle est donc dépravée ? — Oui ; je dirai plus , c'est une fille. . . . Il est vrai qu'elle n'est pas si avilie que celles que vous pourrez voir ; mais elle ne se prostitue pas moins , car elle se livre au premier venu. . . . . . . Voyez quelle tactique

elle employe pour amorcer les hommes : elle joue la mère de famille ; et
c'est un enfant loué ou d'emprunt qui
est à ses côtés. . . . . . Mais ce n'est pas
nouveau ; nombre de ses semblables
employent le même moyen qui doit
leur avoir réussi puisqu'elles le con-
servent. — A quoi donc reconnaîtra-t-
on désormais la femme respectable en
public ? — Cela est presque impossible,
et l'on doit être très-réservé sur son
jugement.

— Laissez ce tableau pour observer
cet homme qui s'avance la tête baissée,
et dont le costume annonce , sinon la
plus extrême détresse, au moins la plus
grande médiocrité. — Quel est ce personnage ? — Un écrivain recommandable par ses talens en politique et en
philosophie. Il est réduit au plus triste
état, par ce qu'il ne peut se résoudre à
produire des ouvrages sans fond. —

Que dit-il ?.... Cela pourrait lui nuire ?
— Oui, car aujourd'hui on ne veut que
des futilités, et le meilleur ouvrage
moral et philosophique ne se vendra
point...... Voilà l'état de la littérature ; si les écrivains veulent vivre il
faut qu'ils se prostituent. — O société
bizarre ! ne verras-tu jamais sous leur
vrai point de vue les mobiles de ta
gloire et de ton bonheur !...

   — Voilà une femme bien resplendis-
sante ! que de brillans la couvrent ! sans
doute elle a tenu autrefois un rang dis-
tingué dans la société. — Désabusez-
vous, me répond, avec un ton mêlé de
douleur, mon vertueux conducteur,
et comme si cet aspect lui retraçait
quelqu'idée pénible : son rang était plus
que médiocre ; ne me forcez point à
dire quelle est la source où elle a puisé
ses richesses..... Fuyons plutôt loin
de ce tableau désagréable, et sortons

de ce jardin. — Il m'entraîne, et il
semble à l'ardeur qu'il met à s'éloigner,
que la femme dont il redoute la présence porte sur ses épaules la tête de
Méduse. Je respecte son silence en
voyant sa situation, et n'ose le presser
davantage ; mais me doutant de ses
motifs , je me hâte de fuir à mon tour.
— Voici le passage des Feuillans. —
Quel est cet immense bâtiment que je
découvre? — C'est l'ancien manège de
la cour lorsqu'elle habitait aux Thuileries. Depuis il est devenu très-fameux ;
il servit dans les premiers jours de
la révolution d'asile aux fondateurs de
la nouvelle puissance française. C'est
de là que partirent les foudres qui
allèrent écraser le trône , et qui por-
tèrent la surprise et l'effroi dans tout
l'univers. — Je ne puis m'empêcher
de regarder avec étonnement cet
édifice ; il me rappelle combien la

puissance des rois a peu de stabilité.

— Nous voilà dans la rue saint Honoré en face de la place Vendôme. — Celle-ci est une véritable place ; elle est belle et bien bâtie. . . . . . . Quel est ce bâtiment noir qu'on voit dans le fond de la rue qui nous fait face ? — C'est le couvent qu'on choisit pour la fabrication des assignats qui sauvèrent et perdirent la France à-la-fois ; sans lesquels la révolution n'aurait pu se faire, et qui finirent par engloutir la fortune publique. — Ce bâtiment sera un monument curieux et utile pour l'antiquité. —

Je vois une pierre en forme de base au milieu de cette enceinte : quel monument doit-elle porter ?

— Une colonne en l'honneur des guerriers de ce département, qui se signalèrent en servant leur patrie. — C'est une idée heureuse et utile ;

le dévouement a mérité ce prix. L'aspect de cette colonne pourra perpétuer
ce sentiment chez les générations fu-
tures.

— Avançons vers le Palais-Égalité ;
c'est-là où nous trouverons d'autres
tableaux. — Je le suis. . . il me montre
un arceau en forme de porte. — Voici
un lieu encore fameux ; ce sont les
anciens Jacobins ; c'est-là que siégèrent
à-la-fois les défenseurs et les fléaux de
la France. — Honneur aux uns et opprobre aux autres !... Poussons plus loin.

Nous touchons au palais dont je
vous ai parlé ; nous sommes dans la
rue de la Loi. — O le beau nom de
rue ! que j'aime à voir écrit sur cette
pierre le nom de la loi ! Puissent tous
ceux qui la traversent lire ce nom avec
respect ! en se rappelant que la loi est
l'égide de tous , et que dans son obéis-
sance , le citoyen accomplit un des de-

voirs les plus sacrés. — Avançons. —
Non , arrêtez. Quel est ce bâtiment
où je vois des fanaux allumés dans le
lointain ? — C'est l'Opéra; ce temple
de la magie , où se trouve tout ce que
les arts ont de plus pompeux ; où le
goût semble dicter ses lois, et que n'ont
jamais pu imiter les nations de l'Europe. La danse , la musique s'y réunis-
sent pour enfanter toutes les illusions,
et la magnificence y étale tout son
faste: les Parisiens le regardent comme
le plus beau monument de leur cité,
et croyent que ce spectale ne peut atteindre à un plus haut point.... Ce
que je viens de dire est calqué sur
l'idée que le plus grand nombre des
Français ont de l'Opéra; mais, moi, je
ne vois point ce spectacle comme la
masse. Loin de le regarder comme un
lieu où le bon goût a placé son temple,
j'y trouve quelquefois le mauvais goût

sous son masque. Il possède de vrais
talens et de bonnes pièces ; cependant
je suis loin de tout admirer. Je sais
qu'il s'y trouve des personnages mé-
diocres , qu'on exalte par bizarrerie ,
et des pièces qui choquent la vraisem-
blance , qui doit être conservée dans
l'art de création même , et sans laquelle il n'existe ni intérêt ni illusion.
Je trouve que la petitesse et la mesqui-
nerie s'y montrent trop souvent à côté
de la grandeur et de la magnificence ;
et je pense qu'il ne parviendra au
point de plendeur où il peut atteindre , que lorsqu'on s'y rapprochera
un peu plus de la nature ; lorsqu'on
mettra plus de choix dans les moyens ;
plus d'ensemble dans leur emploi ;
lorsqu'on ne sacrifiera pas tout au
spectacle ; lorsque les acteurs, rangés à
leur place , ne dicteront point la loi ;
car de-là naît l'imperfection qui se

trouve toujours dans l'exécution des
meilleurs ouvrages ; enfin lorsque la
scène lyrique sera ouverte, sans exception , à tous les compositeurs et à tous
les poëtes , et non à quelques-uns ,
comme on l'a vu jusqu'à présent. — Ce
que vous me dites me paraît sage , et ,
quoique je ne connaisse l'Opéra que de
nom , je trouve que vos rapprochemens
sur les arts sont justes , parce que j'en
connais les principes. —

Voici un autre Théâtre : il est
aussi national , et son genre est celui
qui convient a tous les hommes. Ici on
ne trouve point de merveilleux ; ce
sont des faits vrais ou vraisemblables
qu'on y représente : la comédie et la
tragédie y montrent tour-à-tour le
masque et le cothurne. J'aime ce
théâtre par prédilection , malgré que
depuis quelque tems on ne nous y offre
que de faibles ouvrages. J'en sors quel-

quefois très-mécontent , et j'ai formé
cent fois le dessein d'y renoncer, lorsque je vois l'idolâtrie du public pour
des acteurs , qui , le plus souvent ,
sont loin de justifier leur réputation ;
dont l'impudence outrage ce public
qui les caresse , les paye , et qui a
droit à leur reconnaissance , à leur
honnêteté , comme à leur exclusive
complaisance. Je suis en outre cour-
roucé contre le parterre d'aujourd'hui ,
qui ne sait souvent pourquoi il siffle ,
ni pourquoi il applaudit — Le nombre des ouvrages nouveaux est-il bien
grand ? existe-t-il beaucoup d'auteurs
dramatiques ? — Vous allez en voir à-
peu-près la liste sur le devant de la
boutique de ce libraire , où tous ces
ouvrages sont déposés. — Entrons dans
son magasin ; j'ai le *Voyage d'Ana-*
charcis à acheter. — Fort bien : nous
nous y délasserons un peu, et nous

C

pourrons parcourir quelques-uns de ces ouvrages. —

Agamemnon. — C'est une tragédie nouvelle , dans laquelle l'auteur a remis sous les yeux les crimes des Atrides : il semble qu'il soit dans la destinée du théâtre français de ne voir que les personnages de cette famille. Quel intérêt réel peut inspirer cet Agamemnon , qu'on a vu le plus crimi- nel des hommes, et le fanatique le plus effréné , immoler à son ambition ab- surde sa fille innocente et digne de son amour? Est-il un spectateur raisonna- ble qui puisse desirer la conservation d'un tel monstre? . . . . Mais l'intérêt ne doit ni ne peut s'attacher à Aga- memnon , qui , dans le fait , n'est point le héros de cette tragédie , et qui ne s'y présente que pour amener la catastrophe. Elle devrait plutôt porter le nom d'Egiste et de Clytemnestre.

Le roi des rois n'y exerce aucun acte
de sa volonté , et son caractère paraît
même subalterne à celui de Strophus ,
son confident. Celui de Clytemnestre
est faible; ce n'est plus la Clytemnestre
de Racine ni de Voltaire dans Oreste.
Elle n'agit que par une impulsion
vague, et ses motifs ne sont pas clairs.
Ceux d'Egiste sont incertains, ainsi
que ses projets qui ne sont point déve-
loppés. Son but paraît être d'abord la
vengeance; mais on en doute lorsqu'on
l'a vu quelque tems sur la scène : on ne
sait point si ce n'est pas plutôt le desir
de l'usurpation qui le guide. Les
moyens qu'il emploie pour décider
Clytemnestre sont mauvais. Il cherche
à réveiller la jalousie dans le cœur
d'une femme qu'il sait ne point aimer
son époux : il avait un mobile plus
puissant dans l'amour de la reine pour
lui. Elle devait enfin être déterminée,

C 2

ou par la jalousie ou par l'amour , et l'on ne peut décider lequel des deux sentimens triomphe. Egiste est faible jusqu'à la lâcheté , lorsqu'il se décide à la fuite et non à frapper son ennemi ; et lorsqu'il est effrayé sur un simple soupçon d'Agamemnon.

Le nœud est formé par la prédiction de Cassandre , ce qui est invraisemblable. La prophétie est une machine morale qu'on ne tolère que dans l'opéra, sur-tout lorsque cette prophétie ne sort point de la bouche du Grand-Prêtre d'un culte , placé au sein de son Temple , ou sur l'autel où il semble devoir seulement être inspiré , comme l'oracle de Calchas dans Iphigénie ; encore est-ce toujours un mauvais moyen ! Le récit de l'apparition de l'ombre d'Atrée n'est pas plus supportable.

Cassandre occupe les passages principaux réservés à l'action. Il y a invrai-

semblance dans la conduite de Clytemnestre, au moment où Strophus lui
annonce l'arrivé de son époux. Elle
doit être dans la plus grande inquié-
tude sur le sort d'Egiste, dont elle
connaît le secret, et qu'elle idolâtre :
cette nouvelle devrait la porter au désespoir par un double motif. Un instant après, elle s'occupe à disserter
sur Hélène avec Arcas. Cette épisode
est plus que déplacée dans le moment
où ce dernier entretient la reine.

Oreste enfant et Cassandre offrent
la plus grande inconvenance dans la
scène de l'entrevue d'Agamemnon et
de Clytemnestre, où ils parlent presque seuls.

Il y a d'autres invraisemblances de
fond, notamment celle de l'empoi-
sonnement de Cassandre, qui n'a pas
été préparé, et dont même il n'a pas été
parlé, etc.

Voilà comme j'ai jugé cette pièce si
vantée, quant au fond; à présent jettez
les yeux sur les vers de la première
scène, et vous verrez combien le style
est vicieux.

Fidèle ami d'Egiste apprends-moi les succès...
D'une course, etc.

On ne dit pas le *succès d'une course.*
On ne dit pas, non plus, *recueillir le
fruit d'une course*; et ce ne sont point
les vœux qui la *recueillent.*

Du retour de ces Grecs sème-t-on quelque bruit?

Est prosaïque. *Quelque* rend le vers
lâche et incorrect: *ces Grecs* pour
Agamemnon n'offre point exactitude.
D'ailleurs, *ces* suppose qu'il en a été
question.

De revoir son Argos goûtera-t-il la joie?

Son Argos est une mauvaise locution.

J'ai couru l'Hellespont qu'ont franchi ses
      vaisseaux;

Je n'ai rien découvert de ce qui t'intéresse.

J'ai *couru* n'est pas exact. *Je n'ai rien
découvert de :* c'est de la prose la plus
commune.

Si des peuples voisins j'en crois les vains
      rapports

Les vains rapports ! si Pallene les a
crus *vains,* c'est-à-dire *inutiles*, pourquoi en parle-t-il ?

Le navire argien s'est montré dans leurs ports.

Le navire argien. Mais Agamemnon
avait une flotte.

Et sur d'affreux écueils battu d'un long orage.

Battu d'un long orage n'est point
français. *Long* est ridicule.

C 4

Ha bientôt laissé les traces du naufrage.

Bientôt est déplacé après *long orage*.
Il faudrait de *son* naufrage, autrement
l'idée est générale, et ne se lie point.

Mille douteux récits démentant ces discours.

Il est question de rapports, pourquoi
à présent des discours ? L'épithète de
vains est la même que celle d'*inutiles*.

Egaraient mon espoir et m'abusaient toujours.

On *n'égare* point *un espoir* ; on le
trompe : ces deux mots ne sont pas
synonymes.

Aux pieds du mont Athos, la Thrace interrogée.

Aux pieds d'un mont n'est pas français. Il faut *au pied. La Thrace interrogée.* La Thrace, qui est un pays
entier ne peut être *interrogée au pied
d'un mont.*

Ignorent de quels vents sa flotte fut poussée.

Ignorer de quels vents, n'est ni français, ni poétique. *Poussée de.* Il fallait *par. Même on dit :* mauvaise expression.

Venge sur tous les Grecs son temple ensanglanté.

On venge un *culte* et non un *temple*.

Et les livre au trident de Neptune irrité.

Trident devient ici phébus. *Courroux*
était exact et poétique.

Des débris des vainqueurs l'onde au loin est
couverte.

On ne dit point *les débris des hommes*,
excepté lorsqu'il s'agit de leurs osse-
mens.

Déjà du grand Ajax et du fils de Laërte,
L'un est errant, ou mort, dans des pays
déserts.

Faute de langage, et mauvaise construction.

T'épargnera l'instant que ta haine redoute.

Epargner un instant, n'est ni noble
ni correct.

Et sa mort te livrant Mycène et tous ses droits.

Mycène suffisait. Qu'est-ce que les
droits de *Mycène* ?

Met dans tes mains sa veuve et le sceptre des
rois.

Met dans tes mains sa veuve est long
et prosaïque. Pourquoi *des rois* ? Le
sceptre n'est-il pas l'attribut de la
royauté ?

Sa mort ou son retour, que tu crois si funeste,
Changerait peu mon sort.....

Sa mort ou son retour, offre ici une grande faute de jugement. Si Egiste croit que son sort sera le même, pourquoi est-il inquiet du retour d'Agamemnon ? Ce que dit Pallène détruit l'idée de ce premier vers, et le second discours d'Egiste est opposé à sa première idée.

Toute la pièce est écrite comme ce paragraphe.

ÉTÉOCLE ET POLINICE.

CETTE Pièce, quoiqu'on se soit plû à la présenter comme un chef-d'œuvre, est loin d'être bonne. C'est une imitation défigurée de la Thébaïde de Racine. Le principal défaut de fond est de ne point faire parler les person-

nages comme ils le doivent ; les motifs
de la férocité d'Etéocle sont trop à découvert ; le caractère de Polinice est
faible, et il n'a pas une nuance égale.
Sans doute Racine, en rendant les
deux frères odieux, à péché contre les
règles de l'art ; mais Polinice, pour
être faible, n'en est pas moins odieux
dans la nouvelle pièce. Un seul vers,
de la page 3o, suffit pour le prouver :

Mais n'importe, le sceptre est tout ce que je
vois.

Le rôle d'OEdipe est nul, puisqu'il ne
se lie point à l'action. C'est une imitation
du Lusignan de Zaïr : mais au moins celui-ci contribue en quelque sorte au
dénouement, puisque la promesse que
lui fait Zaïre semble un des motifs qui
la déterminent et amènent la catastrophe..... L'auteur a voulu corriger
Racine, et se mettre à son côté en

traitant la plus faible de ses pièces et justifier l'opinion qui l'assimile à l'Euripide français, que des journalistes inconsidérés et des écrivains sans jugement ont mise en avant, et propagée.

Si c'est sous le rapport du sentiment qu'on a voulu lui donner ce titre, on verra que dans les discours de Jocaste il a manqué tous les passages de sentiment ; qu'il a fait parler la politique dans ceux où devait parler la nature ; et il a présenté la tendresse dans ceux où des sentimens étrangers à celui-ci devaient seuls se montrer.

Voyez dans l'exposition seule la vérité de ce que je dis. Observez comme les caractères y sont mal présentés : vous savez cependant, que c'est par l'exposition que l'effet doit être préparé.

Antigone y traite le frère pour lequel elle fait des vœux de *jeune audacieux* ; et Jocaste, en parlant ailleurs de ce fils qu'elle chérit, le nomme *ambitieux*. Ces apostrophes ne sont point applicables à l'être digne de leurs bons sentimens.

Voyez s'il existe une inconvenance plus grande que celle du passage où Antigone appelle *coupable* le père qu'elle idolâtre : l'épithète d'*innocent* n'efface pas la tache qu'imprime le premier mot. Une fille doit-elle, en aucun tems et en aucun cas, proclamer la honte de son père, sur-tout lorsqu'aucun motif politique ne la force à cet aveu.

Comment Jocaste peut-elle présumer et dire, que le fils digne de son estime l'aura oubliée, en sacrifiant le sentiment filial à son ambition ? Ce passage détruit l'à-plomb du caractère ainsi que l'intérêt.

Les discours de Jocaste et d'Anti-

gone, qui devraient tendre à fléchir
le farouche Etéocle, contiennent tout
ce qu'il faut pour l'irriter : les reproches ne sont point en pareil cas l'arme
d'une mère et d'une sœur. En outre,
parler cruement à un ambitieux de la
nullité de ses droits, sur-tout lorsqu'il
règne, c'est se ravir tous les siens.

Enfin les fautes de raisonnement, et
les invraisemblances fourmillent dans
cet ouvrage.

Si c'est sous le rapport du style qu'on
a voulu comparer Légouvé à Racine,
il vous sera aisé en parcourant quelque
vers pris au hasard dans les premières
scènes, même ceux qu'on a cités comme
bons, que cet auteur est à une distance
énorme de ce premier :

Viens ma chère Antigone en ce jour de misère

Ce premier vers est prosaïque. *En ce*
jour de misère est mauvais.

Entendre et partager les douleurs d'une mère,

·Dit-on *entendre des douleurs ?*

J'eusse vu si long-tems sur nos tristes rivages ;
L'impénétrable sphynx.

Racine aurait-il dit qu'un sphynx,
pris ici pour un animal vivant, était
impénétrable ?

N'était-ce point assez qu'unie à son vainqueur ?
Quand déjà, etc.

Qu'unie, quand : mauvaise construction.

J'eusse vu, recevant une clarté funeste.

Recevoir une clarté n'est point français.

Dans mon époux un fils, dans l'hymen un
inceste.

Ce dernier hémistiche est une redondance ; il aurait fait beauté, si les deux derniers termes eussent été figurés : mais le mot *un* détruit l'image. Dans ce cas, il faudrait pour l'exactitude, *dans mon hymen.*

Et qu'OEdipe, brisant des liens abhorés,
Eût éteint la lumière en ses yeux déchirés.

Ce n'est point en *brisant des liens* qu'OEdipe a éteint la lumière de ses yeux. La lumière ne réside point en eux ; ils la reçoivent. *Yeux déchirés* n'est pas supportable : on peut le dire d'une étoffe, mais non des yeux.

Deux fils que du pouvoir l'ardente soif dévore.

Ardente était utile. *Dévorer* dit tout.

De leur naissance impie attester les horreurs !

Une *naissance*, fruit d'un inceste, peut être appellée criminelle, mais non *impie.* Ce mot se rapporte seulement à la divinité, ou à ce qui tient à son culte. *Horreurs* fait encore vice.

S'armer l'un contre l'autre, et leurs noires
fureurs.

Des fureurs sont toujours *noires*. Cette
épithète est ridicule.

Polinice qu'un frère a privé de l'Empire.

Ce vers est des plus prosaïques : *priver*
est trop faible.

Des affronts qui deux ans ont pu se prolonger.

Ce vers est lâche, et l'idée est mal
rendue : *ont pu* fait le vice principal.

Dans ce funeste jour est près de se venger.

Se venger des affronts n'est point exact
L'action d'Etéocle est une véritable
usurpation.

A la voix de ce Prince une armée ennemie.

Pourquoi se servir de l'expression, *de*

prince, lorsqu'on vient de nommer *Polinice* et *un frère?* Cela embarrasse l'idée.

Dans nos champs dévastés par Argos est vomie.

Dans *nos champs dévastés.* Il n'a pas encore été question de dévastation. *Vomie* est une mauvaise locution. Racine a dit :

> *Et vomit à nos yeux,*
> *Parmi des flots d'écume un monstre furieux.*

Mais il est question d'un monstre dont l'idée est révoltante ; ce qui donne de la justesse à l'image.

Et ce torrent fondant sur nous de toutes parts.

Torrent pour *armée.* Une armée a du rapport avec *torrent* ; mais c'est lorsqu'elle est en marche, renversant tout, et non lorsqu'elle est vomie. Un torrent

ne peut *fondre de toute parts* : c'est
alors une mer , un déluge. *Torrent fondant* : mauvaise consonnance.

Mugit avec fureur autour de nos remparts.

Mugir rend *fureur* inutile. De plus ,
une *armée* ni un *torrent* ne *mugissent
point* : ce sont les vents ou les flots.

J'ai vu sept chefs de l'œil mesurer nos-mu-
railles.

Cette énumération est ridicule , et les
monosyllabes rendent ce vers très-dur.

L'aspect des glaives nuds , le bruit des chars
roulans.

Lorsqu'on parle de *glaives* au moment
d'un assaut on suppose qu'ils sont *nuds* ;
donc l'épithète est inutile.

Tout a jetté l'effroi dans mes esprits tremblans.

Ce *tout* nuit à l'harmonie de la
phrase.

Ciel ! veux-tu qu'aujourd'hui cet empire
finisse ?

On ne dit point qu'un *empire finisse*,
excepté au moral. Il fallait *soit dé-*
truit, renvresé, etc.

Avec quel soin pourtant mon zèle curieux.

Ce vers est vide de pensée et d'harmonie. *Zèle* rendait le mot *soin* inutile. *Pourtant* est lâche. *Curieux* est
mal associé avec *zèle*.

Dans l'un des plus vaillans j'ai cru trouver
mon frère.

Dans l'un des plus vaillans : idée
des plus fausses. Comment juger s'ils
sont *vaillans*, puisqu'ils n'ont pas an-
core combattu ?

Mais lorsque mon regard pour un moment
déçu,

Déçu pour un moment, est prosaïque
et inexact.

De son illusion s'est enfin apperçu.

Un *regard* qui s'*apperçoit d'une illu-sion* : cela n'est ni français ni intelli-gible.

Combien de ce spectacle inquiète, attristée,

Inquiet d'un spectacle n'est d'aucune langue. Et qu'est-ce encore que ce spec-tacle ?

J'ai regretté l'erreur qui m'avait enchantée.

Enchanté d'une erreur n'est point exact non plus.

Où ce cher exilé sortit de ce séjour.

Exilé veut dire banni, et Polinice ne l'était point : il avait quitté Thèbes volontairement. *Ce cher* n'est pas noble.

Avons-nous eu ma mère, un moment sans
    allarmes

Vers des plus lents et des plus prosaïques.

Que Polinice au moins n'a-t-il pû voir nos
    larmes !

Aumoins porte le vice semblable dans
ce vers.

    Arrêtons-nous là ; car nous verrions
partout la même marche et les mêmes
défauts.

    Laissons le théâtre : voici des ou-
vrages écrits dans d'autres genres. —
Les Géorgiques. . . . . . Que dis-je ?
géorgiques ! ce mot suppose des pré-
ceptes agricoles ; l'ouvrage parait en
dicter, et n'en contient point. Attachez-
vous un moment sur ce livre que fixe
aujourd'hui l'attention de l'Europe littéraire. — Delille ! je le connais : n'a

t-il pas traduit Virgile ? — C'est lui-
même ; et il devait s'en tenir là ;
il ne paraît bon qu'à être traducteur.
Observez qu'après plusieurs années
de travail , il présente un ouvrage
sans plan , rempli d'idées fausses sur
tous les systêmes , sans but , sans
moralité , et l'on ne le proclame pas
moins le meilleur de nos poëtes . . . .
Mais pourquoi s'en étonner ? on ne sait
pas aujourd'hui ce qui constitue le talent de l'écrivain. On ne s'arrête point
sur la grandeur d'un sujet , sur celle
des caractères et sur la régularité d'un
plan ; on ne juge un ouvrage que
d'après les détails : c'est comme si
on jugeait un temple d'après les pe-
tits ornemens des corniches , et qu'on
négligeât la forme et la grandeur de
l'architecture. Encore si ces détails
étaient toujours beaux , ils pourraient
en quelque sorte justifier le goût bi-

sare du public : mais les trois quarts
des vers du nouvel ouvrage sont *mauvais :* oui , *mauvais*. Un vers n'est pas
bon , lorsqu'il heurte l'harmonie ou la
langue ; lorsque les pensées sont fausses
enflées ou mal placées : l'on pourrait
démontrer jusqu'à l'évidence ce que je
dis. Ceux-mêmes qui ont été les plus
vantés sont *mauvais*. Parcourez - en
quelques-uns avec moi , et vous en
aurez la certitude. . . . . . J'apperçois
un *examen critique* de cet ouvrage.
Voyons ce qu'on en dit ; vous pourrez
juger par vous-même , d'après les ci-
tations. . . . . . l'Auteur ne s'y attache
qu'aux plus faibles parties pour la critique , mais il s'étend sur l'éloge. Arrêtons nous sur les passages de l'éloge ;
vous allez voir le poëte dans son beau.

Voici un morceau que le critique ,
ou plutôt l'apologiste , cite comme un
des meilleurs de l'ouvrage : en effet',

D

cette tirade (car je l'ai lue) est une
des moins hachées et des plus cor-
rectes ; les tours y sont plus exacts et
les pensées mieux liées que dans les
autres : vous allez voir cependant
combien d'idées fausses , de fautes de
jugement, de langue, de construction,
et combien de vers faibles et prosaïques
s'y trouvent.

Heureux qui dans le sein de ses dieux do-
mestiques !

On ne peut être *dans le sein de ses
dieux* ; *auprès* tout au plus.

Se dérobe au fracas des tempêtes publiques.

On ne se *dérobe* point au *fracas* ;
mais *du lieu* où il se fait. *Tempêtes* ex-
cluaient *fracas*.

Et dans un doux abri trompant tous les regards.

Tromper les regards dans un doux

abri n'est point français. *Doux* n'est pas
l'épithète propre ; il fallait *ignoré, sûr*,
etc. *tromper* n'est pas non plus l'expression. Il ne fallait pas les *tromper*,
mais empêcher qu'ils ne se portassent
sur l'abri. Qu'est-ce que *les dieux do-
mestiques* des Français ?

Cultive ses jardins , les vertus et les arts.

Des jardins ne sont point *dans un abri*
et ne peuvent y être cultivés. On *pra-
tique* les *vertus*, on ne les *cultive* pas.

Tel quand des Triumvirs la main ensanglantée,
Disputaient les lambeaux de Rome épouvantée.

Voilà en apparence une belle image ,
voyons :

La main des Triumvirs ne *disputait* point. Il aurait fallu *disputait à*
ou se *disputaient*, sans quoi il y a faute
de langage et suspension de sens. Rome

D 2

doit être plus qu'*épouvantée* si elle est
en *lambeaux*. D'ailleurs ; Rome ne
pouvait pas être mise en *lambeaux*.
Cette figure est outrée et fausse.

Virgile des partis laissant rouler les flots.

Cette seconde comparaison se lie mal
à la précédente. Virgile par ce mot
laisser , semble désigné comme ayant
pu *arrêter ces flots* ; ce qui n'est pas
vrai. L'expression des *flots* est-elle à sa
place avec *partis* ? *rouler les* n'est
pas harmonieux.

Du nom d'Amaryllis enchantait les échos.

Des échos enchantés d'un nom offrent
l'idée la plus bisare. En outre, cette expression n'appartient à aucune langue,
pas même à la Hurone.

Nul mortel n'eût osé troublant de si doux
charmes.

Peut-on dire sans mettre en avant l'idée

la plus fausse, et même sans pécher contre le jugement, qu'*aucun mortel* n'eût osé troubler le *repos de Virgile?* Le moindre soldat l'aurait pu. Je dis *repos*, car *doux charmes* se rapporte sans-doute à ce mot. On ne *trouble* point *des charmes*. Il y a de plus de l'enflure dans ce vers : il n'aurait pu être appliqué qu'à Achille, Alexandre ou César. Ce qui le rend encore plus ridicule, c'est que Virgile nous apprend lui - même, dans sa première églogue, qu'il fut troublé dans son *repos*, et que ses champs lui furent ravis. Mr. Delille en convient dans d'autres passages.

Entourer son réduit du tumulte des armes.

On *entoure* un *réduit* de *soldats*, et non d'un *tumulte*. *Tumulte* est un objet moral qui par conséquent ne peut rien *entourer*. *Réduit* pour re-

traite, *séjour*, n'est pas assez noble.

S'il vint redemander au maître de la terre,
Le Champ de ses aïeux que lui ravit la
     guerre,
Bientôt on le revit loin du bruit des palais.

S'il *vint redemander*, expression vicieuse. *S'il vint*, et *bientôt on le revit* forment la construction la plus triviale.

Au maître de la terre offre enflûre, et une idée fausse. Auguste n'était maître que d'une partie de la terre et de la plus petite; car *l'Amérique*, et la plus grande partie de l'*Asie* et de l'*Afrique* n'avaient point entendu parler de lui. Virgile, qui louoit Auguste, pouvait parler ainsi; l'hyperbole est la figure favorite des flatteurs. Dans la traduction des *Géorgiques*, Mr. *Delille* dut l'employer; il devait montrer le sentiment de son original : mais dans un ouvrage étranger à Auguste et à Virgile, cela est déplacé.

_ — Laissons ce passage qui offre par-tout les mêmes défauts, et suivons l'examinateur..... Il vante la coupe de divers morceaux : mais qu'est la coupe d'un objet si elle ne contribue pas à la perfection du tout, et dérange l'ensemble de l'édifice? Admirerait-on la coupe d'un escalier s'il ne conduisait qu'à une terrasse, ou dans un angle du bâtiment, et non dans les appartemens ; et s'il fallait, pour y atteindre, franchir l'espace par des sauts ? . . .

Voici d'autres vers que l'apologiste trouve sublimes. Il parle des insectes.

Dont un seul prouve un dieu, dont un seul
vaut un monde.

Qu'est-ce qu'un *monde* ? n'est-il pas composé lui-même, ou censé composé de milliards d'*êtres*, chacun plus gros qu'un *insecte*, et un *insecte* peut-il alors entrer en comparaison avec *cette quantité?* Cette idée est à la fois *fausse* et *puérile*.

Le même dieu créa la mousse et l'univers.

L'univers n'embrasse-t-il pas *tout?* et par conséquent *la mousse;* pourquoi donc l'opposer à *univers?* ce vers a le défaut du précédent. — L'examinateur dit qu'il contient une grande leçon de morale : mais tous les hommes savent que dieu créa l'univers. Cette vérité se trouve par-tout plus exactement décrite.

Par-tout des biens, des maux, des fléaux, des bienfaits.

Autre vérité connue de tout le monde ! pourquoi citer ce vers, que l'énumération ne rend ni sublime ni harmonieux ?

Mais voici des réflexions, où l'apo-

logiste cherche à insinuer que l'harmonie imitative fait seule le poëte.....
Sans doute l'harmonie imitative est
un des premiers ornemens de la poésie;
mais elle ne la constitue pas ; ce sont
les *images* , c'est le *rythme* qui en
font l'essence ; le reste est un acces-
soire brillant qui ajoute seulement
à l'effet. Si cela n'était point, les trois-
quarts de nos poëtes ne le seraient
pas : Racine , Boileau , Voltaire ne
le seraient que dans quelques vers ,
et St. - Lambert dans presqu'aucun.
D'ailleurs, pour que l'harmonie imitative existe réellement, il faut que les
expressions soient justes et analogues
aux idées : sans cela on forme un
concert discordant, qui offre plutôt
confusion qu'harmonie ; ce sont des
notes en accord qui ne rendent aucun
sentiment. Voilà ce qu'on peut dire du
plus grand nombre des passages imita-
tifs de Delille.   D 3

Vous voyez que cette pompe qui éblouit et paraît majestueuse au premier abord, finit par être ridicule après l'analyse. Je crois qu'on ne peut être nommé grand poète lorsqu'on ne présente que des fragmens bien écrits, et non un tout parfait. Les couleurs les plus brillantes, qui, dans une étoffe, ne présenteraient pas un dessin correct, et ne seraient pas en harmonie avec le fond, offriraient un objet informe; et le manufacturier ne serait point déclaré le premier de son art.

A présent, parcourez la préface de l'auteur et son quatrième chant. Voyez comme il s'assied au sommet du Parnasse, et semble mépriser ceux qui suivent la même carrière que lui !.... O écrivain ! sois modeste puisque tu n'es pas infaillible. — Je pense comme vous, la modestie est le plus beau trait de la gloire du littérateur.

Quel est cet ouvrage sous le nom d'*Atala* ?— Celui-ci , répond en riant mon compagnon , est l'épopée de la nature. — L'épopée de la nature ! quel sublime tableau elle présenterait ! — Cela est vrai ; mais l'auteur de cet ouvrage a pris pour elle un simple récit basé sur un des préjugés les plus funestes à la terre : il eût fallu présenter une action, et cette action eût dû rouler sur les sentimens naturels de l'homme. Son héros est une femme sauvage , il est vrai ; mais elle est plus remplie de préjugés que l'Espagnol le plus fanatique. Enfin c'est un écrit, où l'auteur tout en croyant servir la religion chrétienne, en sappe la base.... Je voudrais que vous pussiez lire sa préface : il annonce qu'il a imité Homère .... mais Homère a-t-il fait une épopée en récit ? Quelle est donc cette confusion de principes ! Sans doute l'auteur

a cru que l'image constituait l'épopée :
cela pourrait être, si une architrave
constituait un bâtiment. Croit-il que
sans les caractères d'Achille et d'Hec-
tor, etc., l'Illiade serait une épopée ?
Le froncement des sourcils de Jupi-
ter ébranlant l'olympe, la chaîne
d'or soutenant l'univers, les prières
aux pieds légers rasant humblement
la terre, ne seraient que des beautés
nulles, si elles n'étaient encadrées
dans une grande action, et soutenues
par des caractères marquans…. D'ailleurs, que sont les images d'Atala !
L'image ne doit-elle pas offrir une
idée fixe à l'imagination ? se rapporter
à des traits naturels ou vraisemblables ?
doit-elle renverser l'ordre de la nature dans les objets ? Les métaphores
d'Homère sont dans les peintures mo-
rales ; et c'est par là qu'il montre son
jugement : mais il a peint la nature
telle qu'elle est.

Aurait - il dit qu'un *désert déroue ses solitudes démesurées ?* Que les tonnerres tombent dans les *ondes ?* Les foudres ne sont pas les *tonnerres.* Aurait-il dit que la nature *se plaît à imiter les ouvrages des hommes ?* N'en est-elle point le type éternel ? Aurait-il présenté un homme comme un *holocauste ?* Le cœur de l'homme peut être montré comme un autel , et les émanations des sentimens comme la fumée de l'holocauste ; mais dire qu'il est un *holocauste ,* lui - même , c'est présenter une image fausse. Aurait-il peint la lune *racontant un secret de mélancolie aux rivages des mers ?* Ici l'image, l'idée et la langue sont violées. La *lune* peut inspirer la *mélancolie ,* mais non *dire son secret ;* parce que la parole n'est pas une de ses facultés. Homère aurait-il peint *la mort ralentissant les pas d'un homme ?* L'emploi de la mort est-il d'arrêter ou de terrasser ? Aurait-il appelé *un vieux génie* un homme qu'il avait sous les yeux ? aurait - il dit que *les fantômes font du bruit ?* Quelle est la nature du fantôme ? n'est-il pas un objet immatériel ?

Ce peintre judicieux et observateur, aurait-il montré lorsque les nuages se crevassent pendant l'orage., *des campagnes ardentes au-delà?* Si l'on découvre des campagnes , lorsque les crevasses se font, c'est l'éther qui présente la couleur de l'azur. Homère aurait-il porté l'invraisemblance jusqu'à faire faire la peinture des malheurs d'une révolution par *Calchas*, au moment de la mort d'un de ses héros ?.... Comment l'*homme du désert* avait-il pu apprendre ces malheurs ? N'y avait-il pas des choses plus essentielles à dire à *Atala*, sur-tout pour un *prêtre chrétien ?*

Enfin Homère, s'il eût écrit dans notre siècle, aurait-il présenté un miracle, comme le fait l'auteur d'*Atala*, en mettant les *anges* sur la scène, et faisant entendre à *Chactas le bruit des harpes célestes ?*

Il n'est presque pas une seule image de ce roman qui ne soit fausse ou déplacée ; la langue y est violée dans le plus grand nombre des passages, et les pensées, en général, ne sont point justes.

Si vous connaissiez le fond vous seriez bien plus étonné : vous y verriez de ces inconvenances qui tiennent de l'extravagance. L'histoire de la Genèse, et de la croyance des chrétiens y est faite par un jongleur *. Voilà donc les Indiens chrétiens de

---

* Le Jongleur est un prêtre des sauvages de l'Amérique méridionale.

fait, puisqu'ils croyent à Adam, à
Noé, etc.

Vous y verriez une sauvage parler
des dangers de la société qu'elle ne
doit point connaître.

Vous y verriez celui qui fait le récit,
qui fut sauvage, mais qui depuis a lu
Homère, a vécu parmi les Européens,
et est devenu un homme éclairé, parler à un Français, dont il connaît le
style, dans la langue des sauvages inin-
telligible pour lui ; langue qui ne devait être employée qu'en rendant les
discours d'*Atala*, et ceux qu'il lui te-
nait lui - même à l'époque de leurs
amours * . . . . . . Voilà le danger de
faire des romans en récit : on ne peut

---

* L'auteur a entrevu l'inconvenance dont
il est question, et il en a parlé dans sa préface. Malgré cela, il s'est écarté de la règle
qu'il s'emblait s'être prescrite.

conserver que difficilement la première nuance : on nuit à la vraisem-
blance , et on produit une confusion
totale.

Tels sont cependant les ouvrages
qu'on dit être écrits en style sublime ;
qui ont des succès inconcevables , et
pour lesquels on abandonne les Rousseau , les Voltaire , les Fénélon , etc.
— Je ne puis m'empêcher de m'écrier :
Littérature je te vois retomber dans
le néant ! tu n'es pas à tes premiers
élémens ! . . . . .

Quels sont ces autres ouvrages que
je vois tous porter des figures ? — Ce
sont des romans ; et vous ne sauriez
croire combien ce fatras est dégoûtant. Autrefois on exigeait , dans un
roman , un plan qui constituât un
véritable drame ; on voulait la peinture vraie des mœurs , et des idées
philosophiques devaient le soutenir ,

en mêlant l'utile à l'agréable, précepte
appliquable à tout ouvrage d'esprit:
aujourd'hui ils contiennent des faits
entassés sans ordre, et il ne faut pas
qu'ils soient vraisemblables pour qu'ils
soient bons : tout doit y être forcé. ...
Le style, pour être applaudi, ne doit
point ressembler à celui de Fénélon,
Voltaire, Rousseau, Marmontel, Flo-
rian, Lesage, et de nos meilleurs écrivains. Cette manie émane de l'erreur
dans laquelle on est tombé sur la poésie
de Delille. Les prosateurs s'apercevant
que la masse dédaignait le style simple,
ont adapté à toutes les parties de leur
genre, même aux plus triviales, les
images gigantesques .... mais ils n'ont
pas envisagé que les grandes images ne
sont propres qu'aux romans poétiques,
et non au roman historique ou moral,
qui demande le style naturel... Enfin,
oubliant les principes de l'art et les rè-

gles du bon sens', ils ont empiété sur les
poëtes du jour , ce qui est tout dire....
Ceci servait leur paresse et leur impuissance même ; car tout homme éclairé
sait combien il est difficile de se resser-
rer dans les règles de son genre , et de
s'arrêter à la véritable limite de l'art. —

Quel est ce dictionnaire *des Hommes et des Choses ?* Il me paraît bien
hardi qu'on mette en spectacle les
hommes en général. — Je puis vous
en parler , car j'en ai lu les premiers
numéros. C'est un ouvrage où l'auteur
s'établit le censeur de la société entière.
Il tend à démoraliser cette société , et
à réveiller les haînes, en excitant, par
des diatribes , la vengeance dans tous
les cœurs. Jusqu'ici on n'a présenté
que les ridicules et non les vices des
hommes au particulier. Peut-on soulever le voile qui couvre la conduite
de l'homme dans sa vie privée ou poli-

tique ? On l'a pu un seul instant dans
la révolution , lorsqu'il s'agissait de
connaitre ses amis ou ses ennemis :
mais dans le moment où un gouver-
nement est chargé de ce soin , cela
devient dangereux pour le repos public. Où en serait - on s'il fallait ré-
pondre aux articles de cet ouvrage ,
en signalant les personnes ménagées ,
en relevant ceux où se trouve la flat-
terie et la partialité , ceux où l'art est
méconnu et défiguré , ceux où la philosophie est sacrifiée au fanatisme, etc ?
Il en naîtrait une guerre interminable,
dangereuse peut-être : l'auteur en présente cependant l'occasion. Pour tra-
cer le portrait d'un homme quel-
conque , il faudrait connaître tous ses
rapports , et lire même jusqu'au fond
de son ame. On sait que l'antiquité n'a
pas osé juger les hommes, et qu'elle en
a laissé le soin à la postérité. . . . Et

quand on pourrait prononcer avec justice ; quand on aurait des preuves incontestables pour appuyer ses assertions, le mobile le plus puissant ne devrait-il pas arrêter l'écrivain ? celui de ne pas faire couler des torrens de larmes. En mettant à nud la conduite des individus, ne s'expose-t-on pas à livrer l'époux au mépris de l'épouse, et à forcer les enfans à violer une des lois les plus augustes, en les portant à désavouer leur père ? D'ailleurs, pour ce qui tient à la politique, peut-on porter une opinion solide ? Connait-on les causes qui ont fait agir tels ou tels hommes ? Il y en a qui resteront cachées à jamais. Comment asseoir son jugement sur ceux qui ont été influencés par la terreur ? On sait que ce sentiment a dirigé presque toutes les ames pendant la révolution : on a vu les amis de la paix flatter ceux du désor-

dre ; l'homme de bien, dominé par ce
sentiment , s'est assis à la table du
sicaire ; et la plupart de ceux qui improuvaient le pillage , l'autorisaient
ouvertement, ou ne s'y opposaient
point. Comment distinguer ces derniers des vrais scélérats ? . . . . Il n'est
qu'un seul homme qui eut pu saisir ces
rapports , si toutes fois un homme peut
en ce moment porter son opinion sur
ces événemens, qui ne semblent devoir
être appréciés que par nos arrières-ne-
veux : mais il aurait fallu que cet homme
fût un observateur profond ; qu'il fût
doué d'un talent du premier ordre; qu'il
fût étranger à toutes les causes, et qu'il
n'eût marqué dans aucun parti. Est-il
beaucoup d'écrivains qui aient de pareils titres ? Non : ils ne peuvent donc
juger leurs concitoyens. — Je crois
comme vous que cet ouvrage peut
être funeste . . . . . A-t-il eu du suc-

cès ? — Oui , parce qu'il contient des
personnalités et les éloges les plus
bas ; et parce que quelques journalistes , qui l'ont jugé sans le lire , et
sans en apprécier le but, ou qui avaient
des vues particulières en le procla-
mant , l'ont annoncé comme curieux
et utile. — Des hommes qui se disent
éclairés , et les régulateurs de l'opinion peuvent-ils se livrer à de tels
écarts ! —

En voilà assez sur la littérature , me
dit mon compagnon ; nous aurons lieu
d'y revenir avant d'être sortis de ce
Palais. Parcourons ces galeries , où je
veux vous montrer d'autres tableaux
avant de vous quitter.... Vous pourrez
trouver dans cet endroit seul l'esquisse
de la capitale... Entrons d'abord dans
le jardin.

—Voilà un beau bâtiment ! je ne
m'en serais jamais douté en voyant

ses alentours : c'est une belle perle dans
le fumier.—Une perle! cette métaphore
peut paraître juste au physique ; au moral elle est entièrement fausse : d'ailleurs une perle pour être belle doit être
saine dans toutes ses parties. Cette mai-
son pour rait plutôt être comparée à
l'arbre-poison qu'on nous dit exister
dans l'isle de Malaca , qui étonne , séduit l'œil par la majesté de sa taille et
la beauté de son feuillage , et qui contient , dans son tronc , un venin qui
détruit tout ce qui l'environne ou
l'approche. Ce bâtiment sert à cacher
des repaires pires que les cavernes
du Caucase , où habitent les lions ,
les panthères et toutes les bêtes mal-
faisantes. Ici se trouvent les vérita-
bles antropophages de la société , qui
dévorent , au tour d'un tapis qui
semble le voile de la mort , les larmes,
les sueurs et le sang des hommes....

Observez ces fenêtres où l'on découvre ces lustres brillans , qui semblent éclairer le temple des plaisirs
et de la joie : là le silence morne
règne au tour des joueurs , sur le front
desquels se montrent à-la-fois , l'in-
quiétude qui les ronge, et cette es-
pérance cruelle qui ne s'alimente
que des maux d'autrui. Là s'assied le
désespoir, à l'œil cave , et aiguisant
sans cesse son poignard : la perfidie
y montre son sourire affreux en
voyant son triomphe ; et l'avarice
portant sa main dévorante sur l'or que
la crédulité lui porte , y engloutit la
substance des malheureux. A côté
d'elle , le courroux , le remord et la
rage font entendre leur voix tour-à-
tour , et le deuil , placé à la porte ,
y enveloppe de son voile funèbre
la plupart de ceux qui en sortent.
— Quel abominable tableau vous

E

mettez sous mes yeux ! ô passion ef
frénée du jeu ! tu naquis pour le
malheur de la société ! faut-il qu'en
tous lieux on trouve le trône où tu
exerces ton funeste empire ?

Dans ces entresols, qui bordent les
galeries, se trouvent des antres aussi
impurs, où règne la prostitution sous
le masque du vice le plus crapuleux ;
et où des prêtresses, dignes du culte,
brûlent un encens fétide qui infecte
la société. Observez leur contenance
lascive : ne dirait-on pas que ce lieu
forme la partie la plus dégoûtante de
l'isle de Caprée ou de Chypre ? voyez
le ton doux quelles portent sur leur
front ; voyez comme leurs regards sont
engageans : c'est l'avarice qui donne
à leurs traits leur douceur et leur
mobilité. . . . . C'est dans ces demi-
lunes fatales que le vieillard va porter
l'aliment de ses enfans, séduit par

l'appât d'un plaisir trompeur, et cueillir les regrets les plus cuisans : là l'époux, oubliant l'épouse vertueuse et pleine de charmes qui aurait dû le fixer à jamais, va recevoir le germe de la corruption, que, par le plus affreux des crimes, il doit porter dans le sein de celle-ci : là le jeune homme, entraîné par la fougue de l'âge, et ne combinant rien lorsque ses sens ont parlé, va énerver ses facultés avant qu'elles soient développées, et acquérir en un instant les infirmités et l'impuissance morale et physique de la vieillesse. — Ce tableau est encore odieux. O nature humaine que tu es faible ! ô immoralité que de maux tu prépares à la société !

J'apperçois des cafés nombreux : en voilà un qui se nomme les Mille Colonnes. — Celui-ci n'est guère destiné qu'aux gens du bel-air. On va

s'y échauffer chaque jour le sang ,
en croyant le rafraîchir, par des
glaces et des sorbets. Ce lieu est le ren-
dez-vous des élégans. Les jeunes gens
y étalent ces airs insolens qu'ils croyent
être les signes du bon ton ; on y entend
les propos les plus sots ; et cependant,
on appelle bonne société ce qui le
fréquente.

Qu'y avait-il à la place de ce gazon
que je vois formé depuis peu au centre
de cette cour, car je ne puis appeler cela un jardin quoique vous
l'ayez nommé ainsi ? — Ceci , me ré-
pond-il , est la place d'un ancien
lycée que le feu a naguères dévoré.
— Un lycée ! il me paraît qu'il était
mal placé en ce lieu ; les établisse-
mens propres aux arts doivent être
entourés d'un aspect moins dégoûtant ;
les arts par eux-mêmes sont pudiques.
— Ils le furent en tous tems , me

dit-il ; mais les arts ne sont pas le
lycée..... Ici c'était la réunion de
quelques hommes qui se nommaient
les conservateurs du feu sacré.... Là
présidait La Harpe, cet écrivain loué
et honni à-la-fois. Là, distributeur de
la gloire, il enlevait les lauriers du
front des écrivains, et les en décorait
à son gré ; et tout en se nommant critique sévère et impartial, il porta les
jugemens les plus faux.

La critique, pour être avantageuse
à la société, doit s'attacher à l'impartialité, s'appuyer sur des principes
et sur des autorités ; enfin l'écrivain,
qui s'établit le juge des autres, doit
faire abnégation de lui-même, et être
par conséquent sans passions. — Cela
est vrai. J'ai entendu cependant van-
ter les talens de cet homme. — Il en a
sans doute ; mais qu'il est loin de posséder ceux dont il se croit doué. Nous

aurons occasion de voir dans nos courses
quelques-uns de ses ouvrages critiques,
et nous les jugerons.

Nous en étions au Lycée.... Dans ce
cercle, on voyait des femmes qui pré-
tendent non-seulement à l'esprit, mais
au génie : elles y briguaient l'encens que
des écrivains engoués leur prodigaient,
en leur reconnaissant les deux qualités
dont je viens de parler. Mais ils ne
savent pas que la nuance du génie et
de l'esprit même est si difficile à saisir, que l'homme le plus éclairé peut y
être trompé, et qu'on doit, par conséquent, être très-réservé lorsqu'on porte
un jugement à cet égard. D'ailleurs,
pourquoi flatter l'amour-propre de ces
femmes avides d'éclipser leurs pareilles ? pourquoi les rendre ainsi les
fléaux de leur famille et des sociétés ?
pourquoi ne pas prendre intérêt à
la femme, pleine de candeur et d'es-

prit naturel qui sera immolée par
celles - ci ; c'est - à - dire , qui n'osera
point parler en leur présence , et à laquelle on mettra en opposition à chaque
instant l'opinion du lycée ? . . . . En
outre , qui peut affirmer que l'ouvrage
d'une femme lui appartient ? les amans
ne sont-ils pas complaisans ? en est-il
un seul qui ne sacrifie à celle qu'il
aime une petite portion de son travail et de sa gloire même ? — C'est
une vérité qui n'a pas été assez sentie
et proclamée; il est constant que
celles qu'on associa aux grands écrivains puisèrent leur réputation à une
pareille source. . . . . . . , . — Cela est
vrai sous quelques rapports , dans
ce qui tient aux ouvrages du génie :
mais si je leur dispute cette sublime
faculté , je suis loin de leur refuser
celle de l'esprit : je crois qu'elles
peuvent réussir dans les ouvrages lé-

gers : les romans, les poésies sans fond,
et où la délicatesse seule doit se montrer, leur paraissent propres.... Celles
de ce sexe qui produisirent des écrits
en ce genre, peuvent faire exception
à ce que vous avez dit ; mais lorsque
j'en vois, dans leur nombre, parler
philosophie et discuter les systèmes,
j'entrevois, derrière elles, le ressort
qui dirige leurs langues ou leurs plu-
mes. Je pourrais citer, pour appuyer
mon assertion, l'exemple de Cathe-
rine II, qui fut sans doute remarquable pour la force d'esprit parmi
ses pareilles, et qui brigua la palme
du génie au point qu'elle mettait plus
de gloire à briller dans un ouvrage,
qu'à bien gouverner son empire et à
l'agrandir : cependant, malgré les
secours des écrivains de toutes les
nations, et celui de ses secrétaires
intimes qui étaient des littérateurs,

elle ne put réussir lorsqu'il fut question d'ouvrages solides. — Ce que vous dites est fondé sur l'impartialité, et la preuve de votre raisonnement se trouve dans l'organisation physique de la femme, qui ne lui permet pas de s'attacher aux objets qui exigent une attention soutenue : ses fibres ne sont pas assez fortes pour cela. D'un autre côté, le génie ne se forme et ne s'alimente que par la méditation . . . . . Revenons au Lycée.

Cet établissement ne s'est-il pas conservé, ne l'a-t-on point porté ailleurs ? — Il existe près de ce lieu ; il prend même de l'accroissement chaque jour. Une pièce de vers à une actrice chérie, une petite satyre, etc., suffisent pour y faire introduire ceux qui parviennent à les y faire lire. A présent, on passe pour être littérateur, lorsqu'on a fait quelques poésies sans fond et sans but ;

quoiqu'il soit prouvé qu'on ne peut
acquérir ce titre, qu'après avoir fait
des ouvrages où il y a un plan, des
caractères, et qui forment un tout
régulier. Croiriez-vous que la plupart des coryphées de ce nouveau
Parnasse ne sont que des hommes à
couplets? L'auteur d'un Roman, même
médiocre, l'emporte infiniment sur
tous ces faiseurs de riens. On ne conçoit point que des écrivains qui ont du
mérite, puissent se mêler à ces réunions.
Croyent-ils que, lorsqu'ils auront mis
sur leurs ouvrages qu'ils sont de tel
Lycée ou Athénée, on leur supposera
plus de talent? Le vulgaire le fera
peut-être; et cela contribuera à la vente
de leurs ouvrages; mais l'écrivain doit-
il n'envisager que ce motif? et l'estime
du vulgaire qu'est-elle en dernier ré-
sultat? celle de l'homme éclairé ne lui
offre-t-elle pas le véritable prix de ses

travaux , et ne doit-elle pas être le mobile unique de son émulation ?—
En effet , cela est étonnant ; mais d'après tout ce que j'ai lu jusqu'à présent , j'ai jugé que les écrivains ne s'étaient jamais mis à leur place , et que de là était né l'avilissement où ils étaient tombés.

Entrons sous les galeries , me dit mon judicieux conducteur : ce titre lui convient , je le sens de plus en plus. . . . Volontiers. — Voilà des magasins magnifiques; que d'or et d'argent ils contiennent! quelle quantité de bijoux ; et quelle immense variété ! — C'est le temple de la mode ; ici elle vient chercher ses hochets. Je ne nommerai point ceci des bijoux à votre imitation : le bijou est supposé avoir une valeur réelle, être d'une matière précieuse; et les trois quarts des objets qui s'offrent à vos yeux sont faux. Ce qui vous paraît un rubis est un cristal ou une améthiste peu colorée ; ce qui vous semble un saphir, n'est qu'une aigue-marine, avec une feuille imitant cette pierre ; ce que vous prenez pour de l'or ne contient que quelques particules de ce métal ; cependant la plupart des marchands vendent ce prétendu bijou comme s'il était composé de pierres fines et de véritable or ; et ceux qui les achètent, les croyant sur leur parole, se trouvent avoir du clinquant au lieu d'objets précieux : — Que dites-vous ? cela n'est pas possible. — Cela est vrai ; et l'expérience le confirme chaque jour : si vous ne me croyez point, allez dans les maisons de prêt où on vous en donnera la certitude.—C'est trop fort; éloignons-nous, car je n'aime point à voir des fripons sous le masque de la probité ; ou , plutôt, entrons dans ce café pour nous rafraîchir.

Voilà beaucoup de monde : il paraît
qu'on traite ici les affaires. — Cela
arrive assez souvent ; mais la plupart
de ceux que vous voyez sont des
hommes sans domicile, et qui ne vivent
que d'escroqueries. Ils viennent y
signaler les nouveaux venus ; et malheur à ces derniers s'ils ne savent
pas les signaler à leur tour. — Ces
hommes costumés élégamment ne
sont pas sans doute rangés dans cette
classe ? — Vous vous abusez : comme
autrefois, un escroc savait prendre
tous les titres, tous les tons, et toutes
les décorations ; de même ceux-ci
prennent le costume le plus propre à
éblouir et à séduire, et le ton assuré
de ce qu'on nomme les honnêtes gens.
Nombre d'entr'eux ont même des
voitures : vous voyez, d'après cela,
combien il faut se défier du faste et
de l'apparence : aujourd'hui le plus

petit filou des rues marche égal au
banquier. — Quel séjour singulier que
celui de cette ville ! les passions en font
un volcan, et l'intérêt la métamor-
phose en une forêt pleine de brigands.
Quel guide peut diriger celui qui l'habite au milieu de tous ces périls ?
— L'expérience qui les lui signale,
et la raison consommée qui lui apprend comment il faut les éviter.

Que sont ces hommes dont le front
porte l'empreinte de la tristesse, et
dont l'habillement indique la misère ?
— Ceux-ci sont des citoyens honnêtes
qui ont vu renverser leur fortune dans
le choc qui a bouleversé la France.
J'en reconnais un ; c'est ce vieillard à
cheveux blancs, qui porte une hou-
pelande, et qui prend une bavaroise.
Je l'ai vu posséder cinquante mille
livres de rente, et jouer le plus beau
rôle : je parierais que ce qu'il prend,

et qui probablement lui est donné à crédit, sera la seule nourriture qui le soutiendra jusqu'à demain, qu'il viendra chercher en ce lieu la même ressource. — Que ce tableau est affligeant ! sortons ; je ne puis le contempler.

Permettez que je jette un coup-d'œil sur le feuilleton de ce journal où je vois une pièce de vers. — Volontiers.... C'est une Ode couronnée ! examinons; ceci pourra vous montrer comme on juge aujourd'hui en littérature.

ODE COURONNÉE.

Lorsqu'à la voix du Dieu qui transforme les
   mondes.

À la voix du Dieu. En reconnaît-on plus d'*un* en philosophie ? *du* indique qu'il en existe d'*autres.* — *Transforme*

les mondes n'offre point une idée fixe.
Rien ne désigne que *Dieu les trans-*
forme ; car on a toujours vu les astres tels
qu'ils sont. Les uns peuvent s'éteindre
ou disparaître ; mais ils ne sont pas pour
cela *transformés.*

La nature en travail enfantait l'univers.

En travail est remplissage.

L'air déchaîna le feu qui souleva les ondes ,
Et la terre un moment disparut sous les mers.

L'action de l'air est bien celle de dé-
chaîner le feu ; c'est-à-dire de lui donner de l'impulsion : mais est-il certain
qu'à l'époque dont il est question , il
souleva les ondes , et que la *terre fut*
engloutie sous les mers ?

Mais tout-à-coup du sein de ces mers impuissantes.

Impuissantes n'a point de sens. Etaient-elles *impuissantes.* parce que le feu les *souleva ? Soulever* semble-rait déterminer le contraire, ainsi que l'épithète *mugissantes* du vers sui-vant.

L'Athos environné de vagues mugissantes,
    S'élança dans les cieux déserts.

L'Athos est-il le premier des monts qui parut à la création ? Il faut - être vraisemblable.

Cieux déserts annoncent que la terre fut le premier des mondes créés. L'auteur peut-il donner une telle as-sertion ? Ne sait-il pas qu'elle est un satellite d'un autre astre, et que par conséquent l'astre moteur dut être créé le premier ? Si par *cieux* il entend l'at-mosphère, le terme n'est point exact.

L'élément créateur qui brûlait dans ses veines.

Le feu n'est pas le seul *élément créa-*

teur , donc l'épithète est fausse. Un *élément qui brûle* offre un sens équivoque : il était *moteur*, il devait *agir;* et le mot *brûle* indique qu'il se *consume* lui-même; ce qui n'est pas vrai. En outre, est-il sûr que le feu résidait dans les entrailles de la terre avant la création du soleil ? ce vers est entièrement énigmatique.

Dans les veines de l'Athos : cela n'est point exact : on donne des *veines* à un *arbre* , et des *flancs* à un *mont*.

Y tourmentait encor les flots emprisonnés.

Tourmenter les flots n'est ni noble ni correct. *Flots emprisonnés* , pour *eaux* , n'est point juste.

Sa cime , gouffre ouvert , vomissait sur les plaines.

Gouffre ouvert est faux par l'idée ; car un *gouffre* n'est jamais *fermé...* D'ail-

leurs une *cime* ne peut être un *gouffre;*
elle peut seulement en présenter un :
vomissait sur les plaines n'offre point
exactitude. Il fallait *dans* ; car les volcans ne se formant que dans les grandes
montagnes, quelle que soit la force de
leurs éruptions, les matières qui sortent de leurs sein ne peuvent tomber
que sur les flancs des monts.

Des métaux confondus les débris calcinés.

Il manque quelque chose à cette image.
Les *métaux* seuls ne se trouvent point
dans les volcans : on y voit les *pierres*
calcaires, les *bitumes*, les *souffres* etc.

Son aspect était nu, ses rocs étaient arides.

La nudité convient aux *rocs* et non
aux *monts :* l'auteur a dit plus bas que la
nature les *parais d'ombrages.* D'ailleurs, il n'est pas certain que l'*aspect*
de l'Athos soit *nu.*

En longs torrens de feu ses entrailles liquides.

Le mot *liquides* indique toujours les *métaux* , et ce premier mot ne s'allie point avec *torrens de feu* ; car les matières dont on parle ne se transforment point en feu. Après *liquides* , l'exactitude voulait qu'on dit *enflammées* , ou mêlées à des *torrens de feu.*

Tombaient de ses flancs décharnés.

Ici il y a une faute de symétrie ; elles étaient déjà *vomies sur les plaines.*

Mais bientôt de la flamme arrêtant les ravages.

Il n'a pas été question de *ravages* , mais de l'élancement des feux. *La flamme* ne dit pas assez après *torrens de feu.*

La nature en son sein l'enferme en l'étouffant.

En l'étouffant n'est point exact. La

flamme des volcans cesse avec l'érup-
tion, mais elle n'est point pour cela
étouffée ; elle est épuisée parce qu'elle
n'a plus d'aliment. Si on se fixait à l'i-
mage de l'auteur, on trouverait un
miracle ; et rien ne prouve qu'il en fût
fait alors plus qu'à présent. *La nature*
en son sein fait ici phœbus : le sein de
l'Athos n'est point, sans doute, celui
de la nature.

> Sa main parant les monts des plus riches
> ombrages.

Des ombrages ne *parent point les*
monts ; ce sont les forêts par qui sont
formés *les ombrages*.

> Etend l'azur des cieux sur son front triomphant.

L'idée n'est point juste ; la nature est
constituée par la réunion de tout ce
qui existe ; donc l'*azur* et les *cieux*,
même, furent de tout tems en elle.

D'ailleurs, ce vers offre-t-il une image sensible ? . . . . *Sur son front triomphant :* l'action par laquelle la *nature renferme* et *étouffe le feu* indique qu'elle montre son pouvoir , et le mot *triomphant* qui suit, doit avoir ici l'acception de victorieux , et non de pompeux ou superbe que ce mot offre dans l'autre sens. Dans ce cas il y aurait une grande faute de jugement ; la *nature* n'a point eu à lutter , puisque c'est elle qui forme les volcans. Pour obtenir *un triomphe ,* il aurait fallu qu'elle combattît contre elle-même.

De son premier regard l'aurore les salue.

Saluer d'un regard n'est point français , et l'idée est bizarre. De plus, on ne sait à quoi se rapporte *les.*

Et la mer à leurs pieds plus doucement émue.

Il a été question des mers , pourquoi

en montrer à présent une seule? l'exactitude et la clarté veulent que les
mêmes images soient conservées dans
toute la comparaison. *Leurs* n'a point
de termes de rapport: *plus doucement
émue* est faible.

Et les embrasse, et les défend.

Les monts ne sont menacés que par la
foudre, ou par les feux souterreins ; et
la mer ne peut leur servir de défense
dans aucun des deux cas. Pour que la
comparaison eut été juste, il eût fallu
présenter un moteur dans le second
point, comme dans le premier : *la
liberté* pouvait en servir.

Ainsi la France en proie aux fureurs intestines.

En proie aux fureurs intestines n'est
point exact.

Aux ligues des tyrans, aux complots factieux.

On n'a jamais dit *en proie aux ligues*

et *aux complots*. Ici on ne trouve aucune image ; et il en fallait de très-mar-
quantes pour faire le parallèle du dé-
but. La liaison des idées ne s'y montre
point avec celles de la comparaison.

S'élançant tout-à-coup de ses vastes ruines.

Des complots et des *ligues* peuvent
préparer l'image de *vastes ruines* ;
mais non la déterminer. Cette image
n'est point distincte. Le mot s'*élancer*
semble exiger celui *du milieu* , ou *du
sein*.

Relève plus puissante un front plus radieux.

Plus puissante renverse l'harmonie
avec la comparaison. Il s'agissait de
création , par conséquent il n'avait
pas été question de *puissance* anté-
cédente. Le mot *ruines* détruit encore
l'épithète de *puissante :* on n'est point
puissant lorsqu'on est détruit. *Relève*
n'est point exact par la même raison.

Voyez-vous ce faisceau que décorent ses armes.

Armes fait équivoque : on ne sait si l'auteur veut parler des *armes* comme *armure*, ou des *armoiries* de la France... Le faisceau constitue principalement les *armes* des Français, et fait plus que les *décorer*.

C'est un peuple affranchi jaloux des nouveaux charmes.

Ici il y a erreur de sens et bizarrerie d'image, dans le rapport du mot *faisceau* avec celui de *peuple. Des nouveaux charmes* est faible, inconvenant et contraire à l'harmonie du vers.

De cette autre fille des Dieux.

Sans doute l'auteur veut parler de la liberté ; mais on n'en a pas la conviction : cette phrase n'est point claire. D'un autre côté, *cette* semble se rapporter à *France*. La *France fille des*

F

dieux ! phœbus. Que sont-ce encore
que ces *dieux ?* Il paraît qu'il n'est
question que d'un seul au commence-
ment du poëme ; et la France n'en re-
connaît qu'un. On ne peut trop relever
ces fautes de jugement et de système ,
les plus graves qui soient dans les ouvrages ; celles du style ne sont que se-
condaires.

Mais nous nous arrêtons trop sur
cette ode ; sortons. — Non , rappelez-
vous que vous m'avez fait entrevoir que
cette lecture pourrait servir de point
de lumière pour voir l'état de la littérature. — Cela est vrai : continuons.

SUITE DE L'ODE.

Elle sort du combat comme un guerrier terrible,
De sang et de sueur encor tout inondé,
Quand vainqueur il sourit à l'armée invincible.

Il n'a encore été question que des *li-*

gues , et les *ligues* précèdent seulement les *combats*. Cette image est mal
préparée. Les quatre vers de la comparaison forment *longueur* , et elle n'a
aucun point d'appui. Le *souris d'un*
général à son armée ne se rapporte à
rien en ce lieu. Cette image aurait pu
être fort bonne ailleurs ; mais dans ce
passage elle offre un défaut, puisqu'elle
est déplacée.

Qui lui doit sa victoire, et qui l'a secondé.

Ce vers contient une idée sans doute
fausse. Il n'est pas dit qu'une *armée*
invincible doive toujours sa gloire à
son *général* : ils l'obtiennent mutuel-
lement.

Rendez, rendez hommâge à la France nouvelle.

Ce vers est sans harmonie ; et l'on sait
qu'elle doit briller à la chûte des stro-
phes. La *France nouvelle* est de la dernière faiblesse après *immortelle*.

Le bonheur du monde est fondé.

La France peut enfanter le *bonheur du monde* ; mais l'auteur devait faire entrevoir comment. En s'attachant à son idée, qui indique le seul *hommage à sa victoire*, le vers ne dit rien. De plus on n'y trouve aucune image.

Envain la trahison, la famine et la guerre,
Ont d'une triple chaine environné ses flancs,
La France république est promise à la terre.

Voilà une singulière idée, de donner une *chaine* à la *trahison*, à la *famine*, et à la *guerre*. Sont-ce là leurs attributs ? Le poëte n'est-il pas forcé de conserver ceux qu'on leur a toujours donnés ? Cette strophe offre une confusion inexprimable : toutes les idées sont incohérentes. Après *chaine* il fallait voir l'action qui la *rompt* : point du tout, on trouve une prophétie....

Et par qui la république a-t-elle été
promise à la terre ? Pourquoi établir ici le systéme de la prédestination ?

Elle naît au milieu de leurs complots sanglans.

Ce vers est sans harmonie. *Au milieu
de leurs complots* n'offre point une
image claire.

Autour de son berceau tout un peuple s'élance.

N'est-ce pas le peuple qui constitue la
république ?.... Pour que cette image
eût pu être tolérée, il eût fallu perso-
nifier la république; mais l'accolement
du mot *France* détruit la figure.
S'élancer autour : pourquoi ? ....
Si le peuple est autour, la garde de la
liberté est inutile.

La liberté la garde, elle a levé sa lance !
 Fuyez, lâches ; tremblez tyrans !

L'image précédente rend cette apos-

trophe déplacée ; car la *liberté* qui
garde le *berceau.*, n'est point censée
agir pour punir ces derniers. Le mot
fuyez suppose qu'on *attaque* , et celui
de *garde* présente l'action du repos.
Lève sa lance ne suffit pas pour justifier l'image et la rende exacte.

Contre ses ennemis elle marche elle-même.

Le mot *ennemis* vient mal après la
guerre , etc. Il n'en a pas d'ailleurs été
parlé ; mais seulement des *ligues* , au
général. Enfin on ne sait point si c'est
la *liberté* ou la *république* qui marche
contre ses ennemis , et si ce sont ses
propres ennemis. Ces amphibologies
font de ces passages un vrai cahos.

Aux peuples étonnés elle apporte ses lois...
Effaçant sur leurs fronts l'éclat du diadème,
Son regard menaçant épouvante les rois.

Dans cette strophe on ne trouve point

d'ordre. *Apporter ses lois* , et *effa-*
çant sur leurs fronts devaient être
précédés par le quatrième vers. *Effa-*
cer sur un front l'éclat du diadéme
rend l'image louche , parce que le
diadéme n'empreint point l'*éclat sur*
un front : l'éclat est dans le *diadéme*
lui-même : c'est le *diadéme* qu'il fallait
en arracher.

Mais franchissant d'un pas une carrière immense ,
Dans la nature même elle a marqué d'avance.

Le premier vers ne concorde point
avec le second par l'image , ni la pensée ; celui-ci est obscur , et sans harmonie. L'obscurité vient du mot *na-*
ture , et le peu d'harmonie de *même*
et d'*avance.*

Et ses limites et ses droits.

Les *limites* d'un objet personifié ; cela
ne se dit point.

Les tyrans ont pâli sur la base incertaine
Où l'orgueil éleva leur trône ensanglanté.

Pourquoi la *base* lorsqu'on a *trône* ?
Cela fait diffusion et longueur. *Incer-*
taine est faible avec *base*. *Ensan-*
glanté n'est point juste : le *trône* des
rois n'était pas *ensanglanté* ; mais ce
qui était autour du *trône*.

Et l'homme fatigué du long poids de sa chaine.

Voilà une épithète des plus bizarres !
que veut dire ce *long poids* ? *Fatigué*
du n'est point juste pour l'image.

S'écrie en reprenant sa native fierté.

Native fierté : ce mot nouveau n'est
pas assez harmonieux ici.

Le faible a donc ses droits, le fort a donc son
juge.

Il fallait *des* ; car *ses* indique ses droits

propres, ou naturels, qui ne lui ont
jamais été ravis. Plus bas il fallait *un*,
par une raison relative.

Et pour les oppresseurs il est donc un refuge,
      Sous l'arbre de la liberté.

Ces vers sont faibles pour la pensée et
l'harmonie, après les images qui précédent.

Que dis-tu, malheureux ? Souffre et gémis
      encore.

Ce vers seroit bon au fond si ce n'était
point le poëte qui fit l'apostrophe; mais
la *liberté* ou la *France*. Le poëte paraît improuver en cet endroit le systême même qu'il célèbre . . . Dans les
ouvrages qui tiennent à la politique il
faut employer une logique profonde ;
sans cela on court le risque d'outrager
ceux qu'on exalte.

Sous cet arbre sanglant habite la terreur.

Il me semble que *la terreur* ne devait pas habiter seule sous l'*arbre ;* des sentimens plus terribles devaient s'y montrer : *la terreur* est née de ces premiers.

L'orage le tourmente et le feu le dévore.

Le feu dévore est faux par l'idée : s'il avait été *dévoré* il n'existerait plus. *L'orage le tourmente* suffisait : le second terme est une redondance, et n'offre point d'image fixe. *Tourmenter* est faible.

Crains de trouver la mort en cherchant le bonheur.
N'as–tu pas vu l'ormeau battu par la tempête,
Repousser le ramier qui confiait sa tête
A cet ombrage protecteur.

Cet ombrage rompt l'idée : il fallait

son. De plus, ces quatre vers n'ont point une liaison directe avec le point de la comparaison.

C'est ainsi qu'à Dodone une fureur divine,
Du chêne prophétique agitait les rameaux,
Lorsqu'en proie à son Dieu, du faîte à la racine.

Le *chêne de Dodone* ne pouvait être agité par la *fureur divine*, qui suppose *sentiment*; mais bien la prêtresse : le *chêne* n'était que l'instrument qui annonçait l'existence du Dieu. Le *faîte* d'un arbre est-il aussi exact que *cime* ? *En proie à un Dieu* n'est d'aucune langue.

Il recélait la foudre en ses brûlans canaux.

La *foudre* était dans le *tronc* et non dans les *canaux* ; car les *canaux* qui sont ici pour *veines*, étant multipliés à l'infini, n'étaient pas censés pouvoir tous receler *la foudre* : il aurait fallu

mille *foudres* pour cela ; et c'était nécessaire pour que l'image fût exacte.
Il ne faut pas que pour agrandir l'image
on tombe dans l'invraisemblance ; elle
est toujours subordonnée à la justesse
de l'idée.

Mais souvent les éclairs échappés de sa cime ,
Frappant l'adorateur , le prêtre et la victime.

Ce n'est pas l'*éclair* qui *frappe* , mais
la *foudre ;* donc l'idée est fausse.

Ouvrait à ses pieds leurs tombeaux.

On ne dit pas *aux pieds d'un arbre* ,
au pluriel.

Ah ! ne reprochons point à la liberté sainte ,
Ces malheureux écarts , ces excès criminels.

Sainte rend le vers lâche. Ces *malheureux écarts* est inutile ; *excès criminels* disent tout. Et à quoi se rapporte *ces écarts* , etc. ? A la tourmente

de l'*arbre* ! Ceci offre la diffusion la
plus grande.

Tout le sang qu'ont versé l'ignorance et la
crainte.

L'*ignorance et la crainte* n'ont jamais *versé de sang*. Il n'est pas dans
leur nature d'*agir* ; mais de laisser
agir. Il fallait l'*erreur*, prise pour *fanatisme*, *l'anarchie*, etc.

A-t-il jamais des dieux souillé les purs autels ?

Voici encore le *polithéisme*. Pourquoi établir deux théologies dans une
ode ? le mot *purs* avec celui de *Dieux*,
offrent une faute en philosophie. La
pureté est propre à la divinité ; mais
non aux *autels* élevés par les mains des
hommes, qui ont été souillés, de toutes
manières, en tous les tems.

Non, l'insulte du tems et les coups de l'orage,

En dévastant Paros, ont poli davantage
L'éclat de ses rocs immortels.

Le mot *insulte* est faible ; c'est plutôt la *rage* ou la *fureur*, car il y a action destructive. *L'orage* n'a point de *coups* ; cela n'est pas français. . . . *Dévastant* pour *détruisant* n'est pas assez fort. le mot *davantage* est de trop. *De ses rocs immortels* : le marbre se détruit comme tout ce qui existe. Sa longue durée justifie d'un côté l'épithète d'*immortels* de la part du poëte ; mais, de l'autre, il se trouve en contradiction avec lui-même ; car si le *tems* et l'*orage* agissent sur les *rocs de Paros* et les *polissent*, ce qui ne peut être qu'en *les usant*, ils ne peuvent être *immortels*.

Mais, France, ils sont éteints ces affreux incendies.

Mauvaise transition. Ces *incendies*

n'ont liaison avec rien. Il n'a pas été question d'*incendies* ; et le mot *ces* l'indique.

Dans tes villes en deuil allumés trop long-tems.

Allumés est faible avec *incendies*. *Dans tes villes en deuil* : il n'y a pas assez de rapport entre *incendies* et *deuil*. L'*incendie* dévore et laisse plus que le *deuil* ; le néant.

De tes cieux épurés les voûtes aggrandies.

Qu'est-ce que les *cieux de la France ?* Comment concevoir des *voûtes* au-dessus d'elle ? Ceci offre une idée fausse , enflûre et obscurité.

Doivent plus de rosée à de plus vastes champs.

Ce vers est encore plus énigmatique et plus obscur.

C'est envain que la paix t'échappe en fugitive.

La *paix* n'a pu lui *échapper* puisqu'elle

ne se trouvait point sous son joug. Il
a été question de *ligues*, de *complots*,
de *tourmente* : la paix ne réside point
au milieu de tout cela. *T'échappe en
fugitive* : le mot *échapper* dans ce
sens suppose *fuir* ; donc *fugitive* devient inutile. Ce vers n'est pas clair
pour l'idée.

La victoire l'atteint, et la belle captive
    Repose en tes bras triomphans.

Il n'est point dans la nature de la *victoire* de courir après la *paix* : elle
l'amène souvent ; mais ce n'est pas
toujours son but. Cette image devait
être préparée. La *belle captive* est-il
juste au fond ? Il me semble que la
paix ne peut être enchaînée. L'épithète
de *belle*, n'est n'y assez forte ni assez
noble. Cet hémistiche n'est point sur
le ton Pindarique.

O vous qui maniez et la Harpe et la Lyre,
Du chantre d'Ilion et du père d'Oscar.

Maniez est trivial : il ne se dit pour la
harpe ni pour la *lyre*. Il n'y a pas
symétrie ; car on dirait que c'était
Ossian qui *maniait la lyre*. L'auteur
a voulu imiter Boileau ; mais doit-on
imiter les écrivains, quels qu'ils soient,
lorsqu'ils sont en défaut. Sans doute
l'opinion de l'auteur était basée sur
celle qui a montré l'*Art Poétique*
S A N S T A C H E.

Du moins n'imitez plus le coupable délire,
Qui des affronts de Rome a couronné César.

Ceci n'est ni français ni intelligible.
L'anthitèse du mot *couronne* avec *affronts* , indépendament du vice de
langue , rend ce vers un des plus bizarres qui aient été faits.

Chantez , chantez encor la liberté nouvelle.

Chantez , chantez : répétition vicieuse, prosaïque. La *liberté nouvelle* est une naïveté : d'ailleurs ce vers est sans image. La *liberté* ayant été personifiée devait l'être dans tout le poëme.

Dans sa course rapide élevant auprès d'elle ,
Les peuples qui suivent son char.

Elevant auprès d'elle n'offre pas un sens distinct. On n'*élève* pas *auprès* de quelqu'un ; ce vers offre encore une figure outrée et fausse. Comment peut-elle *élever* tous les peuples ? Quel est le lieu où elle doit les conduire ? ils ne doivent pas rester sans doute sur le *char.* Est-ce au temple de la Gloire , du Bonheur ? Cela devait être dit. La *liberté* a été d'abord présentée sans *char ,* armée seulement d'une *lance* près du *berceau* de la *république.*

D'où est sorti ce *char ?* quand y est-elle montée ? On ne le sait point. La noble licence du style de l'Ode ne permet pas de rompre toutes les idées : les écarts même doivent avoir une liaison avec le sujet ; mais elle doit être invisible, et alors cela fait beauté.

Mais quel dieu me transporte, et que viens-je d'entendre !

Un dieu ne peut *transporter* ; c'est une *chose* qu'il faut pour cela, et non une *personne*.

La terre a retenti sous ce char triomphal.

Le char de la liberté n'est point un *char triomphal ;* ou bien il ne faut le lui donner qu'au moment du triomphe. Cette image serait bonne si la *liberté* était triomphante en tout tems et en tous lieux.

De la Grèce et de Rome il a touché la cendre.

La cendre de la Grèce offre ici une
idée équivoque. Rome et la Grèce sub-
sistent; et il fallait désigner l'*antique*.
Le mot *touche* ne dit pas assez : il a
plus fait que toucher celle de Rome.
L'action du *char* qui *touche* en rou-
lant, peut - elle offrir une idée assez
exacte et assez distincte de ce qui s'est
passé dans l'Etat romain depuis le com-
mencement de la guerre ?

L'Egypte a soulevé son rocher sépulchral.

L'Egypte a soulevé forme l'image la
plus bizarre et la plus fausse. Qu'est-ce
que le *rocher sépulchral* de *l'Egypte*?
On sait qu'il s'y trouve des pyramides,
qui sont des anciens sépulchres; mais
il y en a plusieurs; et une pyramide
ne peut être appelée un *rocher*; car
le *rocher* représente un bloc, et la

pyramide est composée d'une infinité
de pierres.

Qui m'arrache dit-elle à cette nuit profonde ?

Quelle est l'idée qui détermine la né-
cessité du mot *nuit* ? On ne le voit
point. Celui de *sépulchral* ne peut
suffire sans doute pour cela ; cependant il paraît que l'auteur la cru ;
cette l'indique. Mais les tombeaux
des rois d'Egypte ne sont pas ceux de
l'Egypte entière, et elle n'y repose
point.

Est-ce un autre Alexandre, un conquérant du
monde,

Le mot *un* du second hémistiche rend
l'idée trop vague ; il aurait fallu *le* ; mais
alors il se serait rapporté à *Alexandre.*

Qui donne cet affreux signal ?

A quoi se rapporte *signal* ? On ne le

sait point. Le *retentissement* de la
terre et le *bruit du char* ne peuvent
être appelés un *signal* ; il fallait d'autres mots pour justifier l'emploi de
celui-ci. L'épithète *d'affreux* ne se
rattache à aucune idée.

Non, peuples effrayés, reconnaissez la France.

Cette particule détruit l'harmonie de
la phrase , et nuit à la construction.
Reconnaissez rend le vers lâche, et
affaiblit la pensée.

Comme une autre Cérès parcourant vos déserts.

La *France* dans la situation que l'auteur vient de la présenter , ne peut
être comparée à *Cérès*. Cette comparaison devait être précédée par celles
qui devaient enfanter la transformation. Qu'est-ce que les *déserts des peu-*
ples ? L'expression de l'auteur les prés-

énte *tous*. La preuve en est dans le vers
où l'Egypte est personifiée , comme la
Grèce et Rome, à qui *peuples* se rapporte naturellement

Le sceptre est dans ses mains la corne d'abon-
dance.

Le mot *sceptre* prouve encore combien est déplacée l'image précédente...
Cérès n'avait pas un *sceptre* ; et un
sceptre a trop peu de rapport avec
corne pour que ces attributs puissent
être assimilés.

Elle éclaire le monde , elle affranchit les mers.
Esclave, elle eût vaincu pour faire des esclaves.

Cette seconde image n'est pas en harmonie avec la première.

Libre, elle a triomphé pour rompre vos entraves.

Elle a triomphé offre une idée fausse.
Le triomphe ne dépend pas de la vo=

lonté ; il fallait *combattu*. *Triomphe pour rompre des entraves* offre confusion dans l'image. *Entraves* est faible à la fin, de la strophe.

Et pour rajeunir l'univers.

Rajeunir l'univers est ridicule. La France, quoiqu'elle fasse, ne peut *rajeunir l'univers* ; mais seulement *relever son antique gloire*. C'est bien le sens de l'auteur ; mais cette idée devait être amenée différemment.

Ainsi la liberté prophétise ta gloire.

Ce n'est pas la *liberté* qui vient de parler, c'est le poëte : dans le cas contraire seul, le mot *prophétiser* serait juste.

France elle accomplira ses oracles divins.

La liberté ne rend point des *oracles...* *Accomplira* n'est pas le mot propre.

Salut peuple nouveau ! tu verras la victoire.

Salut semble ici déplacé. *Peuple nou-*
veau : le peuple français n'est pas *nou-*
veau, mais il est *régénéré* ; ce qui n'est
pas la même chose. Pourquoi *peuple*
après *France ?* Cela nuit à la clarté.

S'unir comme une amante à tes jeunes destins.

L'image n'est pas juste. Une *amante*
s'unit à son *amant* ; mais non à des
destins. Jeunes fait redondance avec
nouveau du vers précédent.

Déjà par toi la paix est conquise aux deux
mondes.

Conquise aux n'est pas français.

Et l'antique Océan semble adoucir les ondes :

Et l'antique Océan : l'Océan n'est pas
plus antique que les autres parties de
la terre. *Adoucir les ondes* offre une

G

image fausse, et une idée singulière.
On ne peut *adoucir les ondes* ; ce
mot n'est pas ici synonyme de *calmer*.

Dont il embrasse les humains.

L'Océan embrasse bien *les humains,*
en *embrassant* la terre qu'il ceint ;
mais cela ne paraît pas suffire dans cet
endroit. Il fallait pour l'entière exactitude, le *séjour des humains*.

Vallons refleurissez , sillons montez en gerbes.

Vallons refleurissez : ils n'ont jamais
cessé de refleurir. *Des sillons montant
en gerbes :* autre idée bizarre et fausse.
Des sillons ne peuvent monter *en
gerbes* ; mais les *graines* répandues
dans les *sillons*.

Couvrez le sang de l'homme, et payez ses
travaux.

Le sang de l'homme offre une idée

générale, qui répand sur ce vers la plus grande obscurité. *Et payez ses travaux* n'est pas en harmonie avec le premier membre de la phrase.

Que le bronze oublié s'endorme sous les herbes.

Le bronze n'offre point l'idée exacte du canon. Le mot *bronze* est général. *S'endorme* est trop fort pour les images qui suivent et précèdent. *Sous les herbes :* il n'est pas dit qu'il soit toujours caché *sous les herbes* ; cela arrive sur les remparts ; mais non dans les arsenaux... Pourquoi préférer l'un à l'autre ?

Que l'enfer assouvi referme ses tombeaux.

L'enfer n'a point de *tombeaux* ; c'est la mort : il a des *gouffres*. D'ailleurs, ce n'est pas *l'enfer* qui doit agir ici.

Mars aux voûtes des cieux a suspendu ses armes

Les voûtes des cieux ne sont point solides ; la physique l'a prouvé. Milton ainsi qu'Homère ont pu y mettre des voûtes et des portes , parce que le système qui servait de base à leurs ouvrages les y autorisait : mais dans une ode qui ne tient ni à la mythologie ni à aucun système religieux , on ne doit point se le permettre. De plus , pourquoi mettre ici *Mars* dont il n'a pas encore été question ?

Veuves quittez le deuil , vierges parez vos charmes.

Le *deuil* des *veuves* peut avoir été enfanté par la guerre qui leur a ravi leurs *époux* ; mais la paix ne leur rend point ces *époux immolés :* donc elles ne peuvent le *quitter. Vierges parez vos charmes :* des *vierges* n'ont pas besoin de *parure ;* au contraire *elle* nuit à leurs *charmes* , et les dépare.

Fétez le retour des héros.

Cette finale est denuée de force et d'harmonie ; et il fallait dans ces derniers
vers des idées et des images saillantes
qui fissent le *crescendo* parfait de
l'ouvrage.

— Eh ! bien, que pensez-vous de
ce poëme ? — Je le juge comme vous.
J'y ai découvert, en outre, les plus
grandes fautes de fond, et notamment
contre la politique. La confusion des
systêmes détruit la philosophie du sujet ; et l'on n'y trouve point une seule
idée essentiellement morale.

Voilà où amène l'ignorance des
principes, et la fausse idée qu'on s'est
faite des règles ! voilà où conduit l'engouement pour le style forcé ! On a
pris pour des écarts lyriques les images
outrées, et le faux coloris a paru le
brillant de la poésie.... Et comment

voulez-vous que le public ne s'égare
point dans ses jugemens lorsque ceux
préposés pour le guider se trompent ?
Alors il croit que la route qu'il suit est
la bonne , et il étouffe l'instinct naturel qui l'entraine vers le beau.

Quelle est cette autre feuille (1) que
vous considérez avec tant d'attention ?
— C'est celle d'aujourd'hui du même
journal où nous venons de lire l'Ode...
J'y parcourais un article relatif à Voltaire , où le journaliste nous prouve
évidemment que *Zaïre* n'est point une
pièce religieuse. Je suis de son avis ,
car les sacremens, les symboles, etc. ne
constituent point la religion : cette
pièce est véritablement indigne d'un
philosophe... Mais, d'après le principe
qu'établit le journaliste , il n'existe
point de pièce *religieuse*. Si ce qui les

---

(1) Journal des Débats du 13 Frimaire.

constitue est de faire chérir l'humanité, la bienfaisance, d'exalter l'amour de la divinité et le dévouement à sa loi, aucune ne remplit efficacement ce but. *Polyeucte* seule peut faire exception à quelques égards. Cependant je vengerai Voltaire, tout en le blâmant d'avoir choisi un sujet aussi anti-philosophique que le sien .... Observons *Athalie*, cette pièce la plus religieuse de Racine selon tous les écrivains : nous y trouverons les idées les plus anti-philosophiques qui aient existé. S'il y a des *impiétés* dans Zaïre, on trouve des *monstruosités* dans Athalie ; si Voltaire fait *des reproches à Dieu*, Racine l'appelle à *répandre le sang*, à *éterniser le carnage*, et il fait de ce Dieu un *monstre*. Voyez comme il se plaît à l'appeler le Dieu *vengeur*!... Où est donc ici cette loi de douceur et de charité donc parle le journaliste?

Joad n'y invoque-t-il pas sans cesse la *vengeance?* On ne conçoit point comment on a pu si long-tems méconnaître les principes qui régnent dans cette tragédie : la *proscription* et le *meurtre* sont-ils les actes *agréables* à la divinité ?

L'idée d'un Dieu vengeur , dit le journaliste , est utile : oui , mais d'un Dieu vengeur dans l'autre vie , et non sur la terre ; car sans cela c'est justifier tous les attentats des hommes , et ces mêmes *fureurs de la révolution* qu'il déplore. Voyez comme celui qui prêche en faveur de la religion , se trouve appuyé par ces vers de Joad ; c'est Dieu qui parle.

Le sang de vos rois crie et n'est point écouté :
Rompez , rompez tout pacte avec l'impiété ;
Du milieu de mon peuple exterminez les
    crimes ;
Et vous viendrez alors m'immoler vos victimes.

Jamais écrivain porta-t-il l'amour du désordre plus loin, et jamais aucun outragea-t-il ainsi la nature et la divinité ?

Quant à *Esther* cette piece n'est point *religieuse*. Pour quelle le fût il faudrait que la religion et non l'amour triomphât d'Assuérus. En outre, des chrétiens peuvent-ils appeler *religieuses* des pièces basées sur la croyance des Juifs, entièrement opposée à la leur par le dogme et le cérémonial même ? Voilà un nouveau renversement de principes et d'idées ! — Vous me faites ouvrir les yeux ; je trouve votre opinion sans réplique ; je vois à présent que les discours de Joad peuvent servir à justifier votre assertion ; et ce sont eux qui contiennent le principe du système qui sert de fondement à la pièce.... Mais comment n'a-t-on pas fait jusqu'à présent ces objections aux admirateurs d'A-

thalie ? — Parce que les philosophes
n'envisagèrent presque jamais les principes , et parce que le public a applaudi aux ouvrages que les siens ainsi
que ses préjugés improuvaient.

  — En effet ; tout ceci me montre
qu'il existe en littérature le même fanatisme qu'en religion , puisqu'on se
refuse aux preuves les plus évidentes ,
et puisque , par une extravagance qui
n'a point de bornes , on met en avant
ces mêmes preuves , qui sont des actes
de condamnation pour celui qui les ré-
clame..... Lisez le dernier paragraphe
de ce feuilleton : voyez avec quelle audace le journaliste ose parler de *ceux*
qui ne savent pas penser. Et peut-on
parler ainsi lorsqu'on se contredit si
ouvertement soi-même dans le même
passage ?... Et voilà les hommes qui
osent s'ériger en juges suprêmes de la
littérature , et qui ne savent point ju-

ger , mais insulter les écrivains ; et voilà ceux à qui le public donne son estime !

Laissons ce journaliste , qui ne de-vrait point parler des philosophes puis-qu'il ne sait point ce que c'est que philosophie.

Je vois une immensité de libraires. Le métier d'auteur , quoique vous m'ayez dit , doit être bon en ce mo-ment ; sans cela, comment ces pre-miers pourraient-ils vivre ? — Je vous réitère que cet état ne vaut rien que dans des certains cas ; c'est-à-dire , dans ceux où les écrivains n'enfantent que des rapsodies. Mais qu'il est loin, malgré cela, de leur être aussi avanta-geux qu'il pourrait l'être : ils sont for-cés de faire les avances pour l'impres-sion de leurs ouvrages , et ils ne reti-rent qu'avec la plus grande peine leurs fonds des mains du plus grand nombre

des libraires. Ceux-ci ont toujours des
raisons pour suspendre leurs paiemens,
quoiqu'ils ne puissent en justifier une
seule de solide ; car n'avançant rien
pour ces ouvrages , qui ne sont dans
leurs mains qu'un simple dépôt , sur
lequel ils retirent vingt pour cent , jamais ils ne devraient être en retard....
Mais ceci est un effet du peu de délicatesse qui s'est dès-long-tems introduite
dans le métier de libraire. Il semble
que les auteurs qui les font vivre n'aient
droit qu'à leurs dédains ; et la propriété
de l'esprit , qui est la plus sacrée , ne
paraît rien à leurs yeux. Ils comptent
de plus sur la paresse des écrivains , qui
les éloigne naturellement des affaires.
Ils croyent qu'ils n'envisagent que la
gloire : mais à quoi sert la gloire lorsqu'on meurt de faim ? ... — C'est une
véritable piraterie , et je ne conçois
point qu'on n'y ait pas mis ordre. Si je

devenais auteur je voudrais être mon
libraire ; car je ne pourrais me voir
ravir les fruits de mes travaux par
ceux avec qui je les partage, et dont
je contribue à soutenir l'existence.

Ces maux, reprend mon compagnon,
ne sont pas les seuls qui attendent les
écrivains : d'autres naissent pour eux
de leurs succès mêmes ; et toujours ils
sont l'ouvrage des Libraires. Si un
livre réussit, ces mêmes hommes le
contrefont, et vendant la fausse édi-
tion à la place de la bonne, ils leur
enlèvent le fruit de leurs veilles : ils
leur laissent, outre cela, les regrets
douloureux de se voir dépouillés par
ceux qu'ils ont rendus les dépositaires
de leurs biens. — Pourquoi donc existe-
t-il des *bagnes* si la justice n'y re-
lègue point de tels scélérats ? ils sont
plus coupables que les voleurs des rues,
parce qu'ils violent à-la-fois la loi, et

la confiance qui est au-dessus de la loi
même.

J'entends de la musique bruyante
qui semble sortir de dessous terre.—En
effet, elle sort de ces lieux qu'on
nomme cafés souterreins, et où, en
plein jour et sous les yeux de tous, se
passent des scènes qui représentent les
saturnales des anciens. Là se trouve
la crapule de tous les états; là elle vient
se montrer à nud ; là, au sein de l'i-
vrognerie, vous voyez des bacchantes
effrénées s'abandonner à toutes les im-
pudicités. On ne peut trouver des couleurs pour marquer avec assez de vérité les nuances de ce tableau qui offre
la lubricité la plus dégoûtante. — Ces
êtres feraient bien de se réfugier à
jamais dans les entrailles de la terre ;
ils sont indignes de voir la lumière du
soleil qu'ils souillent par leur présence
méprisable.

Voici un Théâtre : quel est son nom,
et quelles pièces y joue-t-on ? — Je ne
pourrais vous en faire une peinture
assez vraie , quand j'aurais l'imagination bisarre de l'Arioste et le pinceau
de Callot. Entrons plutôt , et vous
verrez le tableau en action . . . Examinons ce qu'on donne : *Jocrisse changé
de condition.* Oh ! il y aura du beau
monde et le tableau sera piquant. Hâtons-nous ; car au bureau on me dit
que la salle est déjà pleine... Arrêtez...
une mesure préliminaire est indispen-
sable.... renfermez le cordon de votre
montre , et tenez la main sur la poche
où est votre porte-feuille : nous entrons dans un repaire. — Et les gens
du bon ton y viennent ? — Oui, parce
que *Brunet* s'y trouve ; et *Brunet* a eu
l'art de tout enchanter. — C'est donc
un grand acteur ? dans quel genre
joue-t-il ? — Dans le niais ridicule et

invraisemblable. — Le niais ridicule
est donc ce qui enchante aujourd'hui ?
— Oui ; et l'on ne peut en rassasier les
Parisiens. Il leur en coûte quelquefois
leurs porte-feuilles ; mais tout cela est
oublié lorsqu'on pense au plaisir dont
on a joui. — Ce que vous dites me dé-
goûte de voir ce personnage : je pres-
sens qu'aulieu de me faire rire , il par-
viendrait à me faire pleurer ; car il me
retracerait la décadence de l'art , et la
perte du bon goût qu'ont montré les
Français. — Je vois un placard près de
ce réverbère : je desirerais le lire. —
Vous le pouvez , quoique ce soit tems
perdu que de lire les placards.

D'un Ecrivain à un Journaliste.

Bon ! cela doit être curieux. Voyons
si celui-ci aura du nerf, et s'il saura
ranger à leur place ceux de ces publi-

cistes qui traitent les écrivains en véri-
tables esclaves, et qui osent se rendre
les arbitres de leur gloire et de leur
fortune... J'ai mes besicles; je lirai
avec plus de facilité que vous, et je
vous rendrai l'esprit du placard. — J'y
consens ... Eh bien ! je suis impatient
de connaître la chose ? — La voici.

L'écrivain, qui paraît connaître son
art, et le degré d'influence des journalistes, accuse l'un d'entr'eux d'avoir
dénigré un de ses ouvrages pour le
plaisir de lui nuire, quoiqu'il ne le
connaisse pas ; et pour celui de faire
quelques pointes. Il remonte aux règles de l'art ; il lui demande si on
répond à des raisons par des sarcas-
mes ; et si ceux qui se chargent de
diriger l'opinion, doivent heurter tous
les principes, et faire passer ce qui
est dans les règles pour mauvais et
rapsodique... Passez-moi ce dernier

terme, il est celui de l'auteur . . . .
Il lui rappelle que la discussion des
principes est le but de tout publiciste :
il lui dit que le critique qui n'étaye
point ses assertions par des preuves,
est soupçonné de fait de partialité et
d'injustice ; il l'appele, à cet égard,
le *révolutionnaire* littéraire, en faisant allusion à ces tribunaux qui con-
damnaient sans vouloir discuter les
preuves. Il tonne ensuite contre la
méthode aussi injuste qu'indécente
qu'a pris ce dernier, de refuser d'in-
sérer les réponses lorsqu'il a porté ses
jugemens, ce qui empêche le public de
prononcer, puisqu'il n'entend qu'une
partie.

Il ajoute une vérité, qui devrait
être sous les yeux de tous les critiques,
et qui devrait les porter à la plus
grande réserve envers les écrivains ;
c'est que, dans tout ce qui n'a pas un

entier rapport à l'accroissement de
l'art ; (car alors le critique manque
au devoir qu'il s'est imposé s'il use
de condescendance) n'y eût-il qu'une
seule idée lumineuse dans un ouvrage,
celui qui le produit est utile à la société, et a droit, par-là même, à sa
reconnaissance et au respect de leurs
pareils. —

Je sens naître en moi de l'estime
pour cet auteur, quelqu'il soit ; ainsi
auraient dû se conduire dès long-tems
tous les autres, et dévoiler la conduite
de leurs juges au public. — Cette mesure qui vous paraît nécessaire, le
serait en effet, si le public s'intéres-
sait un peu plus aux arts ; mais elle
devient entièrement nulle ; car il est
du mauvais ton de lire les placards :
il n'est guères que la dernière classe
du peuple, qui ne s'attache pas au
ton, qui les parcoure ; le procès reste

parconséquent ignoré et indécis. . . .
Poursuivons notre course.

Quelle est cette sortie ? — C'est celle
du Perron. — Du Perron! j'ai entendu
parler de ce lieu ; il fut renommé du
tems du papier-monnaie. — Oh! oui ;
il fut malheureusement trop fameux ;
il devint le théâtre où l'agiotage ou-
vrit le volcan , dans lequel la fortune publique et particulière se virent
englouties. Ces pavés sont devenus des
monumens effrayans pour les Français
et pour tous les peuples. Toutes les fois
que je passe en ce lieu, ce qui m'arrive
rarement, car il m'offre sans cesse
l'horreur, il me semble entendre sortir
de dessous ces pierres les cris des victimes que ce monstre à mille têtes y a
dévorées. . . . . . C'est ici où se trouve
la source brillante des fortunes, d'aujourd'hui ; mais aussi c'est en ce lieu
que l'opprobre a élevé son tribunal ,

où tôt où tard les dévorateurs de leur
patrie seront signalés, et voués à l'exé-
cration des siècles. — Je partage l'indignation qui éclate en ses yeux. Puisse-
t-il arriver bientôt ce jour heureux où
le vice sera démasqué et englouti dans
le gouffre qu'il a creusé de sa main! ce
jour sera le plus beau qui puisse éclairer la gloire du peuple français.

Je voudrais sortir de ce palais, dont
l'aspect fait naître les idées les plus
tristes en mon ame : cependant je ne
veux point passer sur ces pavés qui me
semblent couvrir le chemin du Tar-
tare. Eh bien ! traversons le jardin,
et nous sortirons par la grande porte.
— Que sont ces galeries de bois ? et
pourquoi ce contraste avec le grand
bâtiment ? — Ces galeries occupent la
quatrième aîle du palais, qui ne fut
point finie, parce que le prince qui
avait commencé cette entreprise par

spéculation , dans un tems où il se
trouvait le plus riche particulier de
l'Europe , fut arrêté dans son dessein
par la mort; il fut englouti par le flot
révolutionnaire qu'il avait aidé à soulever , et sur le quel il chercha en vain
à surnager.

Voilà donc son ancien palais ? —
Oui : ce fut aussi celui de ce fameux
cardinal de Richelieu , qui allia au génie politique le caractère le plus pué-
ril ; qui étonna à-la-fois l'Europe , par
la hardiesse de ses entreprises , et la fit
sourire de pitié en voyant les intrigues
de son orgueil ; qui régna sur la France
tout en laissant le sceptre entre les
mains d'un Prince imbécille , dont il
se faisait un plastron contre la haine
et le préjugé populaire , comme le fit
depuis Pierre-le-Grand , qui ne semblait que le ministre de son fou, qu'il
décorait du sceptre et de la couronne.

— Ce que vous venez de dire sur le génie et le caractère de ce célèbre cardinal, pourrait être appliqué à la plus part de ceux que l'histoire décora du nom de grands. Il semble que la nature n'ait donné qu'un côté de bon à certains de ces êtres vantés, et qu'elle se plaise à allier en eux la grandeur à la petitesse. — Votre réflexion est juste.

Après lui, on vit dans ce palais un Prince aussi étonnant que Richelieu. Celui-ci montra toute la crapule du vice à côté des qualités de l'homme d'état ; et ce lieu fut pendant son règne, (car le régent régna aussi sur la France) le théâtre de la dissolution. On y voyait Dubois, le plus vil des hommes et que la complaisante Rome ne décora pas moins de la pourpre, mettant sous les yeux de la France les tableaux les plus odieux.... Enfin ce lieu semble

destiné de tout temps à présenter l'aspect du vice sous toutes ses couleurs.
—Je faisais ces raprochemens, d'après
ce que j'ai vu et ce que vous venez de
me dire. Je crois que celui qui vou-
dra connaître à fond la morale des habitans de la capitale , l'aura vue d'un
coup-d'œil en se transportant dans ce
palais. J'en suis si convaincu que j'ai
envie de retourner aussitôt dans ma
retraite ; et cette envie suspendra sans
doute les autres promenades que j'a-
vais projettées.

Il est vrai que ce palais peut offrir
une esquisse de Paris sous beaucoup de
rapports, comme je vous l'ai dit ; cependant je ne vous conseille pas de
vous en tenir là ; vous pourrez trouver
des tableaux moins désagréables dans
vos nouvelles courses. Vous jugerez
alors que le bon se trouve toujours
à côté du mauvais. . . . . Je suis , il est

vrai, loin de croire que la masse de l'un
puisse équivaloir à celle de l'autre ; le
bon ressemble sur la terre et sur-tout
en ces lieux , à ces fleurs éparses qu'on
trouve de distances en distances dans
les déserts : mais enfin vous le trouve-
rez , et vous n'emporterez pas au moins
avec vous la douleur , de n'avoir vu
dans cette ville que des immondices
et des hommes dépravés.

—Je trouve dans votre rencontre la
preuve de ce que vous me dites ; car
je vois en vous un homme éclairé au
milieu de tant d'ignorans , et sage au
milieu de tant de pervers. ..... Je sui-
vrai votre conseil. .... Voici un fiacre : voulez-vous que je vous conduise
a votre logement ? — Non , je ne monte
jamais dans des fiacres ; et cela parce
que je n'aime point à me disputer avec
les cochers, qui sont aujourd'hui aussi
insolens qu'autrefois, et qui osent vous

H

demander le double du prix de leurs
courses, quoiqu'il soit déterminé par
les ordonnances de police..... Mais
ces hommes sont incorrigibles ainsi
que beaucoup d'autres : je sacrifie à
la paix en marchant dans la boue et
en me faisant éclabousser. Il semble
qu'on ne peut trouver le calme sur ce
globe que dans l'obscurité, dans l'aban-
don des jouissances; qu'en ne se faisant
aucun besoin, et en s'éloignant de la
route que suit la masse.

— Je pense commme vous, et je
crois que j'ai fui le repos en quittant
ma solitude. Mais j'espère la rejoindre
bientôt pour ne plus en sortir.... Je
prendrai cependant ce fiacre, car dans
mon chemin, je ne veux pas m'occu-
per à contempler d'autres objets, que
je ne pourrais apprécier sans votre se-
oours...... Mais ne pourrions-nous
pas nous rejoindre ? je sens que j'aurai

encore besoin de vos lumières puisque
je suis décidé à continuer mes promenades. — Donnez-moi votre adresse :
je vous verrai, et vous accompagnerai
dans quelques-unes de vos excursions
philosophiques. — La voilà.

Adieu à celui qui a fixé mon estime,
et auquel les habitans de cette cité devraient tous ressembler, s'ils voulaient
justifier la haute opinion que l'univers
a conçu d'eux. — Adieu au respectable
provincial qui devrait servir de modèle à ses pareils, s'ils voulaient se
sauver de la contagion qu'ils viennent
puiser dans la capitale. — Faubourg-
Honoré , nº. 10.

La voiture roule : fermons les stores
et réfléchissons. La réflexion est nécessaire lorsqu'on a vu beaucoup d'objets :
elle met les tableaux en ordre dans la
mémoire ; sans son appui on tombe
dans le cahos. . . . . . Voilà la preuve

que l'esprit de l'homme est borné... Il
serait Dieu si d'un coup-d'œil il em-
brassait et classait tout.... Je reconnais
ici la suprême harmonie, et je découvre la barrière qu'a dû établir entre
l'homme et lui l'ordonnateur de la
nature.

F I N.

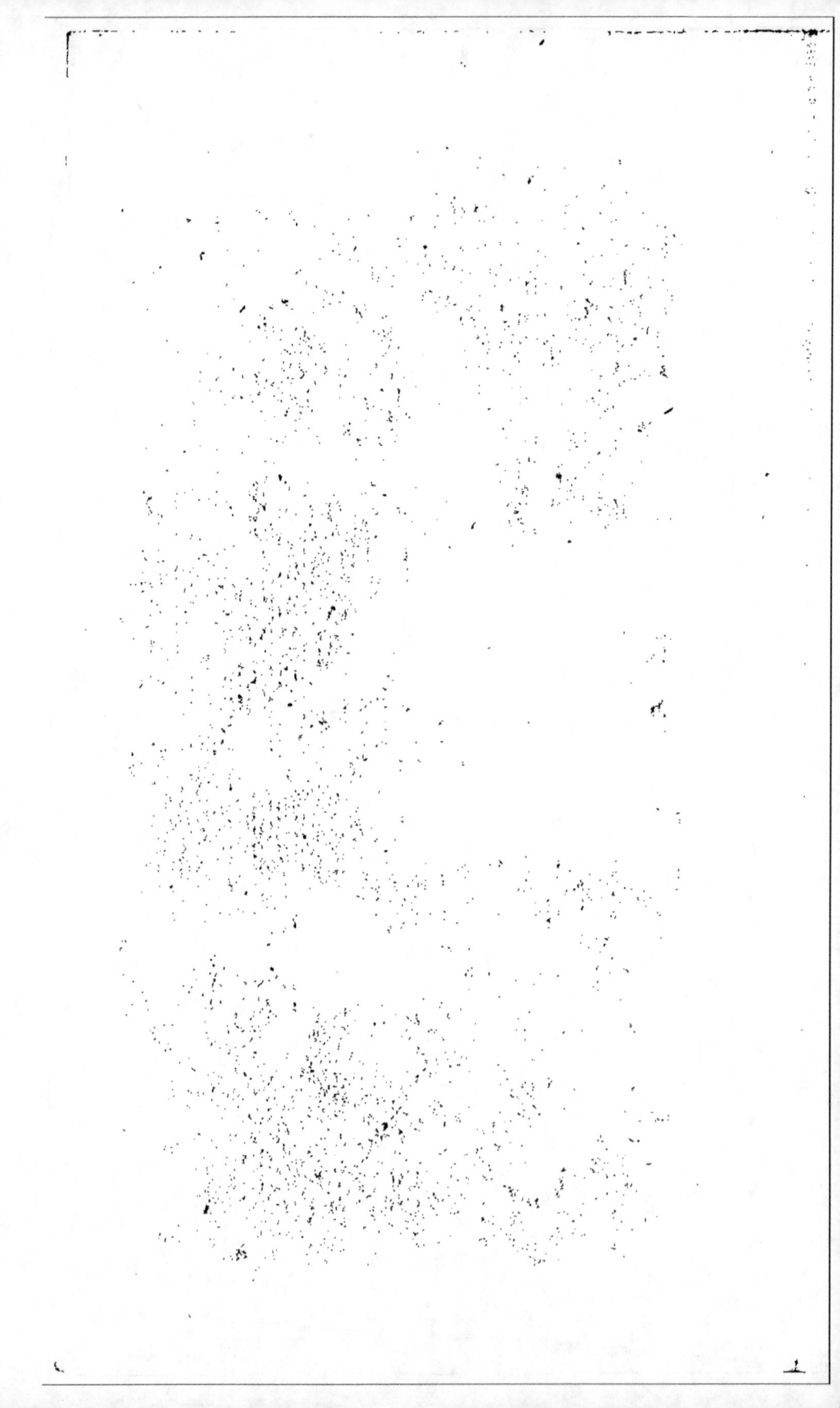

www.ingramcontent.com/pod-product-compliance
Lightning Source LLC
Chambersburg PA
CBHW070902030726
47504CB00005B/1433